세상을 향해
네 꿈을 활짝 펼쳐라

– 변화하는 세상속 10대들의 꿈과 희망 만들기 –

세상을 향해 네 꿈을 활짝 펼쳐라

초판 1쇄 인쇄 | 2006년 8월 1일
초판 1쇄 발행 | 2006년 8월 5일

지은이 | 김준성
펴낸이 | 진성옥 · 오광수
펴낸곳 | 꿈과희망
디자인 · 편집 | 김창숙, 박희진
영 업 | 남성진
인 쇄 | 보련각(김영선)
출판등록 | 제1-3077호

주소 | 서울특별시 용산구 원효로 1가 119-9
전화 | 02)2681-2832
팩스 | 02)943-0935
e-mail | jinsungok@empal.com

ISBN | 89-90790-48-4   03810
값 8,500원

세상을 향해
네 꿈을 활짝 펼쳐라

– 변화하는 세상 속 10대들의 꿈과 희망 만들기 –

김준성

연세대취업정보 부실장

꿈과 희망

네 인생의 성공은 10대에 결정된다

10대의 열정은 핵폭탄과 같다.

사람들은 누구나 인생에서 성공하고 싶어 한다. 성공하기 싫은 사람은 없을 것이다. 그러나 인생을 성공적으로 사는 사람은 그리 많지 않다.

부자로 사는 것이 성공한 삶이냐 하면 부자들에게 행복하냐고 물어봐라. 그렇지 않음을 알 수 있다.

그렇다고 인생은 즐기는 것이니까 아무 일도 하지 않고 놀기만 하는 사람들이 행복하느냐 하면 그도 역시 그렇지 않다.

행복과 성공이 똑같은 것은 아니다. 성공했다고 해서 행복한 것은 아니지만 행복한 사람들이 성공했느냐 하면 그들은 행복하기 때문에 성공했다고 큰 소리로 얘기한다.

이 책의 목적은 '행복한 삶을 만드는 것이 성공' 이라는 명제를 갖고 출발하였다.

행복한 미래를 꿈꾼다면 10대 때부터 행복이 무엇인지, 무엇을 하면 행복해지는지, 행복한 미래를 성공적으로 할 수 있는 방법에는 무엇이 있는지 곰곰이 생각해 봐야 한다.

누구나 꿈은 꿀 것이다. 그러나 꿈을 꾼다고 해서 모두 성공하는 것은 아니다. 그런데 성공한 사람들은 모두 꿈을 꾼다.

여러분이 꿈꾸고 있는 것은 무엇인가. 지금은 그 꿈이 멀리 있는 것 같지만 그것은 머지 않아 여러분 앞에 현실로 그 모습을 보여줄 것이다.

바로 여러분이다.

이제 우리는 성공적인 삶을 살기 위해 무엇을 할 것인지, 어떻게 살 것인지 선택해야 한다. 이때 성공은 다른 사람의 성공이 아니라 나의 것이기 때문에 정말 내가 원하는 것이 무엇인지를 정확하게 파악해야 한다.

나를 정확하게 알고, 내가 원하는 것이 무엇인지 파악할 수 있다면 여러분의 꿈은 깨면 사라져 버리는 몽상이 아니라 성공한 인생의 주인공이 될 수 있는 것이다.

여러분의 가슴 속에 담긴 열정을 활화산처럼 내뿜을 수 있는 꿈을 꾸고 용기를 내어 도전한다면 성공은 스스로 여러분 가슴에 뛰어들 것이다.

차례

1부 _ 꿈을 꾸자!

10대들이여! 세상은 꿈꾸는 자의 것이다

2부 _ 선택하자!

내 인생은 내가 선택하며 산다

3부 _ 도전하자!

내 인생의 CEO가 되자

4부 _ 열정으로 사랑하자!

열정과 가슴으로 세상 속으로 뛰어들어라

꿈을 꾸자!

10대들이여!
세상은 꿈꾸는 자의 것이다

작은 공이 지구를 움직인다

작은 골프공 하나로 세계를 뒤흔드는 대한민국의 소녀들과 남성들이 있다. 아무도 이 작은 나라에서 미국 골프계를 주름잡는 인재가 나오리라고는 생각하지 못했다.

골프 하면 외국 사람이나 하는 운동이라고 생각했던 시절 우리 나라 선수로 미국 골프계에 도전한 박세리 선수가 활약하던 모습은 사람들 마음속에 깊게 사진처럼 박혀 버렸단다.

특히 박세리 선수가 미국에 건너가 골프계에 도전해서 얼마나 힘들었을까를 알려주는 일이 있었지. 어느 대회에서 벙커에 빠진 공을 치기 위해 박세리 선수가 물 속에 들어가려고 양말을 벗었을 때 까무잡잡한 피부와 달리 하얀 속살은 하얀 양말을 신은 것 같은 모습이었단다. 그 장면을 본 사람들은 얼마나 연습을 했으면 저렇게 탈 정도로 연습했을까 하면서 세계 여론이 들끓었단다.

그때 이후 미국의 골프 대회에서 우리 나라 여장부들의 이름은 항상 상위에 올라가 있단다.

미국에서 우리 나라 여자 골퍼들을 분석하면서 신체적인 어려움을 극복하고 세계 최강의 대열에 오른 것을 보면서 한국인의 정신력을 높이 산다고 평가한 적이 있었지.

이렇게 한 가지 일에서 최고가 될 수 있다는 것은 단순히 열심히 한다고해서 되는 것은 아니란다. 무엇보다 우선되어야 할 것이 내가 좋아하는 것을 해야 된다는 것이야. 내가 좋아하는 일을 하다 보면 보이지 않던 길도 보이고 새로운 길도 만들어갈 수 있는 힘이 생긴단다.

그런데 좋아하는 일만 한다고해서 꼭 성공하는 것은 아니란 생각도 들 거야. 물론 좋아하는 일을 한다고 해서 다 성공하는 것은 아니야. 하지만 나한테 어떤 일이 맞는지 미리 생각하고 내가 좋아하는 것이 무엇인지에 대한 생각을 하면서 자기 목표를 세워나가면 실패했을 때 이내 딛고 일어설 수 있는 힘이 생기고 실패하더라도 좌절하는 일은 줄어들게 되는 거지.

남성 프로골퍼인 최경주가 골프를 좋아해서 처음 시작했을 때 주위 사람들이 뭐라고 했을 것 같니.

마을 사람들은 이런 말을 하면서 최경주를 놀리곤 했단다.

"저런 쬐끄만 공으로 무슨 성공을 한다고 그러냐?"

하지만 최경주는 자기가 좋아하는 것이 골프라는 것을 알고

세상을 향해 네 꿈을 활짝 펼쳐라

골프에 자기 인생을 걸었던 거야.

자기가 좋아하는 일을 하다 보면 신나게 하게 되고 내가 도달해야 할 멋진 미래를 꿈꾸게 되고 이에 맞게 계획을 세워 차근차근 실천해 나가다 보면 어느 새 그 분야에서 최고의 대열에 오르게 되는 거란다.

지금 당장 내가 좋아하는 일이 무엇인지 모를 수도 있고, 어른이 된 후 좋아하는 일을 정해도 된다고 생각할 수도 있어.

하지만 지금부터 내가 좋아하는 것이 무엇인지 찾아나가는 연습은 해야 돼. 그러면 어른이 된 후 좋아하는 것을 찾는 사람보다 훨씬 더 풍요롭게 자기 인생을 만들어나가게 된단다.

모든 사람이 공부를 잘 할 수는 없겠지. 공부를 잘 하는 친구가 있는가 하면 축구를 잘 하는 친구도 있고, 음악을 잘 하는 친구도 있을 거야.

이제 내가 좋아하는 것이 무엇인지 하나하나 천천히 찾아가 보자.

아버지 인생? 내 인생?

황소 걸음처럼 걷던 사람들이 있다. 땅의 진실을 믿고 오직 외길
인생을 걸어온 농사꾼들이 바로 그들이다. 그러나 그들에게는 땅
의 진실만큼 자식 농사에도 진실이 통한다는 것을 알고 있다.

사업에서 자수성가한 사람들 중에 성공의 원인이 어디에 있
느냐 하고 물으면 많은 사람들이 자기를 낳아준 부모님 얘기를
하곤 한다.

단순히 부모님에 대한 예의로 그런 말을 하는 것은 아니야.
어느 한 분야에서 성공한 사람들을 보면 가슴 속 깊이 잊지 않
고 있는 한 마디 말을 지팡이삼아 힘든 일이 있을 때마다 가슴
에 새기면서 이겨내곤 해.

때로는 아버지가 평소에 보여주었던 행동 하나하나를 잊지
않고 삶의 기본으로 삼곤 한단다.

시골에서 농사를 지으면서도 자식 농사만큼은 큰 물에서 시

세상을 향해 네 꿈을 활짝 펼쳐라

켜야 한다는 중심을 세워놓고 묵묵히 그 길을 걷게 하는 수많은 우리 아버지들이 바로 성공한 사람들 뒤에 버티고 있는 거지.

우리 아버지들은 명언을 말씀하시지는 않아. 함께 더불어 사는 세상의 이치를 행동으로 직접 보여주신단다. 그것이 바로 산교육이 되는 거야.

자기가 지식을 알려주기에는 부족하다고 생각해서 좀 더 큰 도시로 공부시키러 보내곤 했어. 그러면서 이 넓은 세상에서 자기 꿈을 키울 수 있도록 오직 믿고 기다리는 일을 하시는 거란다.

"내 인생은 나의 것"이란 말이 있지.

누가 대신 내 인생을 살아주지 않고 내가 원하는 꿈을 이루어 가는 것은 오직 나밖에 없다는 거야.

하지만 내가 어떤 인생을 꾸려나갈지 어떤 색깔을 칠해 나갈지 고민하고 생각할 때 그 뿌리에는 바로 나를 있게 해준 아버지의 한 마디, 아버지가 나한테 보여준 행동 하나하나가 배어 있는 거란다.

세상에는 너무나 많은 직업이 있단다. 내가 어떤 직업을 갖고 어떤 인생을 펼칠지는 오로지 나의 선택에 달려 있어.

사업가가 될 수도 있고, 만화가가 될 수도 있겠지. 멋진 연주가가 될 수도 있을 거야.

사람은 자기가 가지고 있는 재능과 가슴 속에 있는 열정으로 꿈을 만들어 나가는 거란다. 처음부터 완성된 인간이 없듯이 1%의 가능성과 99%의 열정으로 이 세상을 움직일 사람이 되는 거란다.

　　아버지의 인생과 자식의 인생이 같지는 않아. 같은 직업을 선택한다고 해도 아버지는 아버지의 색깔로 나갈 것이고, 자식은 자식의 색깔로 나아가게 돼.

　　하지만 내가 어떤 길을 가든 무엇을 선택하든 그 밑바닥에는 오직 하늘을 무서워하고 진실을 두려워 하면서 살았던 우리 아버지들이 그 뿌리에 잇다는 것을 잊지 말자.

 지칠 수는 있어도 결코 포기하지는 마라. ＿메리 크로울리

세상을 향해 네 꿈을 활짝 펼쳐라

재주는 재능이다

이제 재주가 많은 사람이 살아남는 시대다. 요즘 뜨는 직업 중의 하나가 메이크업 아티스트이다. 자기의 개성을 살리고 그것을 직업으로 하는 꿈과 현실을 잘 맞게 해나가는 직업은 뜨고 있다.

크리스챤 쇼보는 자기의 꿈을 현실화시킨 사람 가운데 하나야. 전문 메이크업 아티스트를 키워내는 학교를 세워 세계 각 지역에서 '크리스챤 쇼보'라는 이름으로 그 이름을 날리고 있단다.

옛날에는 손재주가 많으면 고생한다고 했어. 손재주가 많다는 것은 무엇이든 손으로 만들어야 하니까 밤을 새서 일을 해야 할 때가 많았단다. 그러면 몸이 많이 상하게 되니까 고생한다고 느꼈던 거지. 그리고 직업에 대한 생각이 지금과 달랐기 때문에 몸으로 하는 직업에 대한 대가가 많지가 않았거든.

하지만 지금은 세계를 제 집처럼 드나드는 시대야. 우주여행을 현실화시키는 시대가 된 거야.

이제는 직업에 대한 생각도 바뀌고 직업을 선택할 때의 중심 생각이 바뀌었단다.

자기 개성을 살리고 즐겁게 할 수 있는 직업이면서 그 분야에서 뛰어난 실력을 쌓아 전문가가 되면 자기 꿈을 실현시키는 것은 물론이고 그에 대한 대가도 자연스럽게 따라온단다.

같은 메이크업 아티스트의 길을 걸어도 누구는 성공하고 누구는 성공하지 못하는 것을 볼 수 있어.

처음에는 내가 좋아하는 일이니까, 나에게는 남 다른 손재주가 있으니까, 그리고 메이크업 아티스트는 화려한 직업이니까 등등의 생각으로 이 길을 시작할 지도 몰라.

메이크업 아티스트를 꿈꾸는 사람들이 이런 생각으로 출발한다고 해서 모든 사람들이 성공하는 것은 아니야.

이제 중요한 것은 내가 선택한 일에 대해 얼마나 노력하느냐야. '메이크업 아티스트 하면 아무개가 최고야'라는 말은 모든 메이크업 아티스트들이 듣는 것은 아니거든.

항상 열린 생각으로 다른 사람들과 차별화시킬 수 있는 방법을 찾아보고 연구해야 성공의 타이틀을 얻게 되는 거야.

다른 사람이 개척해 놓은 길을 걸어가는 것은 누구든지 할 수 있는 일이야.

중요한 것은 내가 가는 길은 즐겁게 가는 거야. 때로는 힘든

세상을 향해 네 꿈을 활짝 펼쳐라

고통까지도 즐겁게 생각할 필요가 있어. 고통 뒤에 희망이 따라
온다는 것을 굳게 믿고 실천에 옮기면 되는 거야.

남에게 도움을 주는 사람이 되어라

> 남에게 도움을 주는 일을 하고 싶다면 그것은 가치있는 생각 중의 하나다. 그렇다면 도움줄 만한 전문성을 먼저 준비할 필요가 있다.

한 아버지는 퇴근길에 항상 가족들을 위해서 과일을 사가지고 오셨어.

가족들은 아버지의 이런 자상함에 고마워하면서도 불만이 있었지. 이상하게 과일을 사오시는데 과일이 온전하게 생긴 것이 없었던 거야. 약간 깨진 것도 있고, 크기도 들쑥날쑥하게 고르지 않은 것이 꼭 팔다 남은 것 같았어.

하루는 가족들이 아버지에게 물어보았어.

"왜 이런 과일만 사오세요. 이왕 사오시는 것 잘 생기고 멀쩡하게 생긴 것 좀 사오세요."

"과일이면 됐지. 생긴 게 무슨 상관이야. 그냥 먹자. 이만하면

먹을 만하잖아."

아버지는 가족들의 항의를 거의 무시하며 계속 그런 과일을 사왔어.

"아버지, 혹시 과일 장수한테 바가지 쓰는 것 아니세요?"

"맞아요. 이제 보니 과일 장수가 아버지를 완전히 속이는 것 같아요."

가족들이 과일 장수까지 들먹이면서 항의를 하자 아버지는 어쩔 수 없다는 듯이 말했지.

"집에 오는 길목에 할머니 한 분이 과일을 조금씩 가지고 와서 파시는데, 다 팔지 못하고 늦게까지 계실 때가 있단다. 그래서 그걸 사오는 거야. 그러니 그냥 맛있게들 먹자. 과일이 흠집이 좀 났으면 베어버리고 먹으면 되지 않을까."

우리가 누구를 돕는다는 것은 반드시 거창할 필요도 없고 마음의 부담을 느끼면서 해야 하는 일도 아니야.

하지만 일부러 도움이 필요한 곳을 외면하면서 살아서도 안 되는 거야. 이 세상은 나 혼자 살 수 없는 곳이기 때문이지. 어차피 함께 어울려 살아야 하는 곳이라면 서로 도와주고 도움을 받으면서 지내면 된단다.

남에게 도움을 주는 사람이 되는 것은 자기의 일을 해나가면서 자연스럽게 이루어져야 돼. 마음만 조금씩 열고 세상을 보면 된단다.

　칼 메닝거라는 의사가 사람들한테서 질문을 받았어.
　"만약에 사람이 슬픈 감정을 느끼고 우울해 한다면 어떻게
해야 하나요?"
　사람들은 이런 질문을 하면서 의사니까 분명히 병원에 가서
의사한테 치료를 받아보라고 할 것이라고 생각했어.
　그런데 메닝거 박사는 이렇게 대답했단다.
　"당신 집의 문을 잠그고, 철길을 건너 가서, 어려움에 처한 누
군가를 찾아가, 그 사람을 도와주세요. 다른 사람들의 걱정거리
를 없애주기 위해 애쓰다 보면 당신의 슬픔이나 우울함 같은
것은 어느새 사라지고 말 겁니다."
　자기의 이익을 위하기보다 남을 먼저 생각하는 마음으로 노
력한 칼 메닝거 박사는 나중에 재단을 세워서 사람들에게 많은
도움을 주었지.
　이렇게 남을 도와주는 것은 그 방법이 여러 가지가 있단다.
중요한 것은 누구나 할 수 있는 일이고, 언제나 할 수 있는 일이
라는 거야.

흥미는 꿈의 시작

독특한 광고로 패션계를 뒤흔들어 놓았던 캘빈 클라인의 성공은 호기심에서 출발한 것이다. 호기심이 생기면 흥미를 갖게 되는데, 다섯 살 때부터 옷만들기를 좋아했던 캘빈 클라인은 결국 패션계를 휘어잡는다.

성공은 준비된 자의 것이야.

어느날 갑자기 로또에 당첨되어 부자가 되었다고 해서 그 사람을 성공했다고는 하지 않아.

성공은 자기의 꿈을 실현시켰을 때 맛볼 수 있는 거란다.

특히 끝없는 호기심을 호기심에서 그치지 않고 현실화시키는 사람은 꼭 자기의 꿈을 이루게 된단다.

캘빈 클라인의 멈추지 않는 열정과 호기심이 바로 성공 비결이지.

어린 시절 가난했지만 옷에 대한 호기심은 이미 캘빈 클라인의 꿈을 멋있게 만들 수 있게 했어.

자기의 꿈을 이루기 위해 차근차근 그 길로 가고 있던 그에게 기회가 온 것은 어쩌면 당연한 일인지도 몰라.

친구 아버지의 도움으로 간신히 작은 가게를 연 그는 작은 가게지만 열심히 일을 했단다.

어느날 본위트테일러 백화점의 상품부장인 돈 오브라이언이 잘못하여 엘레베이터를 6층에서 내리는 바람에 우연히 캘빈 클라인의 가게에 들어와 버렸어.

그의 디자인을 본 그 바이어는 그 자리에서 5만달러어치의 옷을 주문했고 그 옷은 날개돋친 듯이 팔려나갔단다.

그것이 캘빈 클라인이 성공할 수 있는 계기가 되었지.

만약 여기서 만족하고 멈추었으면 지금의 캘빈 클라인은 탄생하지 않았을 거야.

그의 끊임없는 호기심은 옷과 관련된 제품으로 뻗어 나갔고, 독특한 광고까지 더해지면서 캘빈 클라인은 이제 패션계를 이끌어가는 사람 중에 하나가 되었단다.

또 다른 캘빈 클라인의 성공 비결을 찾는다면 바로 고마워할 줄 아는 사람이라는 거야.

처음에 가게를 열 수 있도록 도와준 친구는 이제 파트너가 되어 같은 길을 걷는 배리 슈발츠란다.

 이런 저런 분야에서 호기심을 갖고 흥미를 느끼면 설레이게

될 거야. 그러면 바로 이거라고 생각하고 그 일을 메모하도록
해. 그것을 나의 꿈으로 삼는 거야.

이때 몇 가지 단계를 체크해 보는 거야.

첫째, 자기의 지적 흥미와 맞는가.

둘째, 자기 체력에 적합한 스타일의 일인가.

셋째, 자기가 마음으로부터 진정으로 바라던 일인가.

이런 것들을 생각해서 자기의 꿈을 만들어 가는 지혜로운 사
람이 되도록 하자.

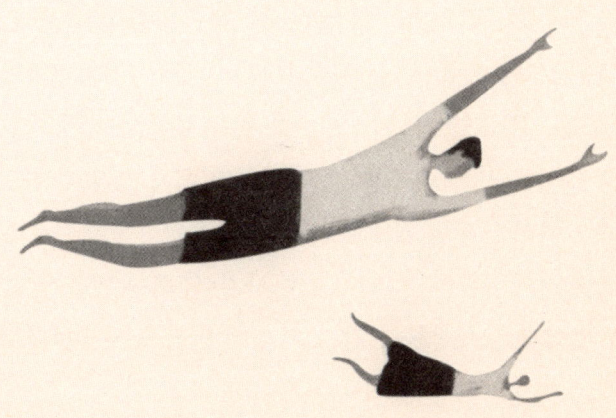

나는 네가 좋아서

좋아하는 일을 하는 것은 행복한 일이다. 마셜 맥루한은 자기가 좋아하는 일을 찾아낸 이후 그 분야만 파고 들어 그 분야에서 성공하였다.

그는 25년 간 같은 일을 한다. 그는 그 일이 좋았어. 그가 한 일은 TV나 컴퓨터 같은 미디어와 인간이 어떤 관계에 있는지를 연구하는 일이었지. 그는 그 일을 통해서 자기 역할인 미션을 발견한 거야. 하지만 그는 25년 만에야 그 일이 가장 좋아하는 일이라는 것을 제대로 알았단다.

마셜 맥루한은 "미디어는 마사지다."라는 말을 남겼어. 바로 뉴미디어가 사람들의 감각 가운데 촉각을 자극한다고 생각한 거야.

이것은 어렸을 때부터 과학을 좋아한 것과 관련이 있어. 그의 발명품에는 재미있는 것이 있는데, 조카와 함께 속옷에서 오줌

세상을 향해 네 꿈을 활짝 펼쳐라

냄새를 없애주는 물질을 발명한 거란다.

이렇게 과학을 좋아한 맥루한은 현대 사회를 주름잡고 있는 게 바로 미디어라는 것을 알고 미디어와 사람의 관계에 대해 연구하기 시작한 거야.

과학 기술의 잠재력이 얼마나 큰지를 알고 과학 기술이 미디어와 만나면서 사람과 사람을 서로 연결시켜 주는 역할을 하게 된 거지.

그는 그런 오랜 시간 그 일을 하면서 비로소 이 세상이 미디어를 통해 하나의 결합된 지구촌이라는 사실을 깨달은 것이야.

한 분야에서 자기의 영역을 확실하게 만드는 기본은 좋아하는 일을 해야 한다는 것이지. 자기가 좋아하는 일을 하게 되면 억지로 시키지 않아도 재미있게 그 일에 빠져들게 돼.

많은 사람들이 안정된 직업을 찾고, 조건 등을 먼저 생각해서 자기가 정말로 좋아하는 일을 찾는 데 소홀히 하고 있어. 이것은 결코 도움이 되지 않아. 좋아하는 일을 하면서 자기의 꿈을 찾아나가야 돼.

좋아하는 일을 찾는 것은 일에 평생동안 자기의 마음을 기울일 수 있는 길로 접어들 수 있는 것을 의미해.

비 처 럼?

비처럼 바람처럼 살고 싶어하는 10대들이 많다. 바람이 불면 부는 대로 물결 치면 치는 대로 적응하는 것이다. 비가 오면 그런 날은 잘하는 분야를 생각해 보자. 변하는 세상속에서 잘하는 분야를 생각하는 것이다. 변화 속 희망 만들기는 이렇게 시작된다.

가수 '비' 이야기다. 가수 비처럼 여러분의 희망과 꿈 만들기는 잘 할 수 있는 일에서 시작하라.

10대는 잘 할 수 있는 일을 찾는 시기란다.

아무리 학업 성적이 좋아도 잘 할 수 있는 일을 찾지 못하면 그 사람은 자기의 직업 진로에서 성공하기 힘들지.

최근 뉴욕 공연에서 비의 콘서트가 성공한 것은 그가 바로 잘 할 수 있는 일을 시작했기 때문이야. 비가 노래를 하지 않고 그림을 그리는 일을 하였다면 그만큼 성공한 인재가 되었을까.

그는 잘 할 수 있는 분야를 택한 것이다. 선택이 진로에서는 50%를 차지하고 들어가. 첫 발을 잘 내딛으라는 우리 나라의

세상을 향해 네 꿈을 활짝 펼쳐라

속담이 기가 막힌 뜻을 담고 있는 것이다.

비는 춤이 되는 가수지. 요즘은 노래만 잘 부른다고 해서 가수로 성공하는 것은 아니야. 비처럼 댄서 출신 가수가 요즘 가요계에서 성공할 수 있지.

박진영이 유명해지기 전에 비의 춤추는 모습을 보고 그의 열정적인 몸동작에 감동했단다. 그가 바로 박진영이라는 가수겸 프로듀서가 찾던 '비쥬얼과 멜로디'가 결합된 가수후보라는 것을 알게 되었거든.

그를 키우기 위해서 박진영은 많이 노력했단다. 미국 진출을 위해서 2년 동안 시장조사를 한 후 미국에 발을 디딜 수 있었던 거야. 비는 이렇게 해서 2006년 2월 2일 뉴욕의 메디슨 스퀘어 가든 시어터에서 미국 음악 공연을 시작한다.

여기에 미국에서 가장 영향력이 큰 '피 디디'가 온 거야. 공연장에 그가 온 것만으로 성공한 것이야. 왜 오게 된 것인가. 바로 비가 춤과 노래 잘하는 가수이기에 온 것이란다. MTV라는 미국의 음악 채널 텔레비전 방송국에서는 비의 공연을 160개국에 방송할 준비를 했어.

이런 것은 이제 비로 하려금 더욱 직업적으로 성공하게 할 거야. 그는 박진영이라는 가수 겸 프로듀서를 통해서 기획되고 성장하지만 그가 본질적으로 성공한 것은 잘 하는 분야의 진로를 선택했기 때문이야.

잘 하는 일과 좋아하는 일은 다를 수 있단다. 하지만 잘 하는 일이면서 동시에 좋아하는 일이라면 그 시너지 효과는 엄청나게 클 거야.

나한테는 어떤 일이 나의 잠재된 실력을 발휘할 수 있게 만드는 걸까. 그것을 항상 생각하는 거야. 그러면 그곳에서 나만의 꿈을 만들어 나갈 수 있단다.

앞으로는 음원 작곡가들이 비전있는 직업이 될 거야. 창조하는 음원은 로얄티를 받게 될 거야. 핸드폰 벨소리 하나 잘 작곡해서 그 음원이 인도네시아 같은 나라 국민들의 핸드폰 장착 음원으로 수출이 된다면 그 수익성은 높아지겠지.

이제 음악 작곡가도 자기의 전문 분야에서 충분히 성공할 수 있단다. 하지만 모든 작곡자들이 그렇게 된다는 것은 아니야. 작품을 히트시킨 작곡가들은 그것이 리듬엔 블루스든 가요든 간에 앞으로 비전성이 커질 것이라는 점이야.

세상을 향해 네 꿈을 활짝 펼쳐라

스스로를 돕자

얼음이라곤 구경도 할 수 없는 열대의 나라 자메이카 선수들이
캘거리 동계 올림픽의 봅슬레이 부문에 참가한 스포츠 일화는 많
은 사람들에게 한 번쯤 자신의 미래에 대해 생각해 보게 만든다.

사람들은 꿈이나 목표를 정할 때 전혀 듣지도 못하고 보지도
못한 것을 꿈으로 정하지는 않는단다. 그렇다고 매일 듣고 보는
것 중에서 꿈을 정하는 것도 아니야.

항상 보고 들으면서 꿈을 키워나가기도 하지만 우연한 기회
에 TV나 인터넷, 신문, 책 등을 통해 기사를 보았을 때 가슴 떨
리게 흥분을 느끼다가 꿈을 키워나가기도 하지. 때로는 생각지
도 않고 있다가 우연한 기회를 통해 새로운 꿈을 만나게 되기
도 한단다.

눈을 본 적도 만져 본 적도 없는 자메이카 선수들이 캘거리
동계올림픽에 출전한 것은 많은 사람들에게 새로운 것에 대한

도전이 무모하게 보이겠지만 신선하고 즐겁고 새로운 희망을 느끼게 해주는 충격으로 다가오기도 하는 거야.

아무도 그들이 메달을 딸 거라고는 생각하지 않겠지. 이미 그들이 출전한 것 자체가 금메달감이거든. 지금도 많은 사람들 기억 속에는 그때 금메달 딴 선수가 누구인지는 잘 몰라도 자메이카 선수들의 도전 정신이 금메달감이고 진정한 스포츠라는 것이 남아 있단다.

자메이카 선수들이 사람들의 가슴에 충격을 준 것은 그들의 두려움도 겁내지 않는 용기와 한 번도 해보지 않은 종목에 출전하기 위해 목표를 정하고 최선을 다해 노력했다는 점이야.

하늘은 스스로 돕는 자를 돕는단다. 꿈을 이루어나가는 과정이 쉽지는 않을 거야. 걸림돌에 걸려 넘어지기도 할 것이고, 때로는 포기하고 싶을 때도 있을 거야. 하지만 어떤 경우든 긍정적으로 생각하면서 용기를 갖고 다시 시작하면 되는 거야.

자기가 스스로를 돕지 않는다면 아무도 나를 도와주지 않아. 나 자신을 강하게 만들고 스스로 준비하면 성공한다는 메시지를 마음속에 깊게 뿌리내리는 거야.

칼 아이칸. '기업사냥꾼'이라는 이름으로 많은 사람들 입에 오르내리는 사람이야. 잘 나가는 회사를 선택해서 그 회사의 주식을 사들여 경영권을 간섭하고 나중에는 회사를 사들이는 사

람들을 기업사냥꾼이라고 해.

칼 아이칸이 사람들 입에 오르내리는 건 우리 나라 기업인 ○○ 회사의 주식을 6.59%를 사들인 후 경영권 참여를 요구하는 일을 하기 때문이야. 우리 나라 사람들 감정으로는 이해하기 어려운 일이지만 기업 경영의 방법 가운데 하나란다.

일찌감치 경영학에 눈을 뜨고 그런 분야에서 일해 온 칼아이칸은 자기가 하고자 하는 분야에서 성공하기 위해 직업적인 근성을 끈질기게 발휘하곤 했어.

그는 적대적인 기업의 인수 합병전문가 라는 직업에 있어서 만큼은 잘 해낼 수 있다고 자신을 했고, 그 분야에 자신의 인생을 걸었던 거야.

자기 인생에서 멋진 꿈과 목표를 이루기 위해 가장 기본적인 것은 바로 어떤 경우라도 스스로 돕는 사람이 되어야 한다는 거야.

◆ 대 웅변은 말하지 않은 데서 존재한다. _장자

미래를 보는 눈을 키워라

꿈이 직업으로 연결되면 얼마나 좋을까. 불쌍한 사람들을 위해서 살아가는 게 꿈인 사람의 직업이 모두 의사일 필요는 없다. 개그맨이 되어 마음을 달래주는 직업도 있을 것이고, 종교인이 되어 사회에 봉사할 수도 있는 일이다.

우리가 꿈을 펼치는 데 직업은 하나의 수단이고 과정일 뿐이다. 어떤 직업을 갖는 게 내 꿈을 펼치는 데 도움이 될까를 생각하면 훨씬 더 좋겠지.

물론 선생님이 꿈인 사람도 있을 것이고, 간호사가 꿈인 사람도 있을 거야. 이렇게 구체적인 직업을 꿈으로 현실화시키려면 가능한 한 20년, 30년 후의 미래 사회를 내다볼 줄 알면 훨씬 도움이 되겠지.

20년, 30년 전을 생각하면 요즘 인기있는 직업이 그때도 인기있지는 않았거든.

옛날에 성형외과 의사들이 지금만큼 인기가 있지는 않았어.

성형외과가 인기를 끌게 된 것은 사람들이 외모를 중요시하는 사회 분위기가 만들어졌기 때문이야.

음식 문화가 서구화되면서 사람들이 비만해지고, 성인병도 생기니까 '뚱뚱한 것은 건강을 해치는 것'이라는 생각들을 하게 된 거야. 거기다 눈으로 보고 즐기는 TV라는 매체의 힘이 엄청난 영향력을 준 거지.

하루 종일 날씬한 사람들이 나오는 프로그램을 보다 보면 우리도 모르는 사이에 날씬해져야 되고, 지금의 모습에 만족하지 못하고 뚱뚱하면 왠지 나만 뒤떨어지는 것 같은 느낌을 가지면서 모두들 날씬해지고 예뻐져야 하는 사회분위기가 만들어지는 거야.

이런 사람들이 자연스럽게 성형외과를 찾게 되니까 성형외과의사라는 직업은 인기 직업 중에 하나가 되는 거란다.

이렇게 직업은 그 사회를 반영하는 거야. 직업들을 살펴 보면서 우리 사회가 어떤 모습을 하고 있는지 앞으로 어떻게 나아갈 것인지도 알아낼 수 있는 거야.

요즘 많이 뜨는 직업 가운데 하나가 인터넷과 관련된 직업이야. 인터넷이라는 네트워크는 우리가 상상할 수 없을 정도의 잠재력을 갖고 있고, 상상할 수 없을 정도의 파급 효과를 나타내는 곳이거든.

지금 인터넷을 이용해서 이루어지는 직업은 아직 많지가 않아. 인터넷은 우리의 상상력을 마음껏 펼칠 수 있도록 모든 것을 열어놓고 있는 곳이란다.

　　이런 사회 현상들을 조금씩 알아가고 잘 관찰해 나가면 우리가 꿈을 실현시켜 나가는 데 큰 어려움은 없을 거야. 그냥 막연하게 나는 이러이러한 것이 꿈인데 언젠가는 이루어지겠지라고 생각하는 것보다 꿈을 실현시켜나가는 방법들을 구체적으로 계획을 세우면서 실현시켜나갈 필요가 있어.

◆ 목표를 갖지 않은 직원은 평범한 판매원에 머물지만, 역사를 창조하는 사람은 목표를 지닌 판매원이다. _ J.C 페니

세상을 향해 네 꿈을 활짝 펼쳐라

열린 생각이 승리한다

세계 지도를 펼쳐 보면 우리 나라가 얼마나 작은지 알 수 있다. 그러나 세계 곳곳에서 많은 사람들이 활약하고 있다. 세계로 꿈을 펼칠 수 있다는 열린 생각이 그대로 이루어진 것이다.

십대! 젊음!

이 단어만큼 가슴 뛰게 하는 단어는 없단다. 무엇이든 꿈꿀 수 있고, 마음먹은 대로 해낼 수 있는 때가 바로 십대일 거야.

이런 십대를 지나면 가슴 뛰는 일도 별로 없어지고 꿈도 점점 희미해지곤 한단다.

그만큼 십대는 아주 중요한 시기야.

세계 지도를 한 번 펼쳐 봐. 우리 나라는 작지만 세계는 얼마나 넓은지 알 수 있어. 세계 인구가 65억인데 그 속에서 우리 나라 사람들은 정말 열심히 자기 꿈을 펼치면서 살아가고 있단다.

인터넷 하나로도 세계 어느 곳이든 갈 수 있는 세상이 되었으니 우리 나라 사람들의 꿈은 더욱 세계 곳곳으로 뻗어나갈 것이 분명해.

이제 꿈을 키워나갈 때도 미래를 생각해야 해. 미래에 나의 모습이 어떨지 미리 생각해 보고 스스로에게 마술을 거는 거야.

글로벌 시대이니만큼 열린 생각과 열린 마음이 성공의 열쇠가 된단다.

우리의 자랑거리이면서 우리를 닫히게 하는 것 중에 하나가 우리는 단일 민족이라는 거야. 작은 나라에서 전통을 잘 계승해 나가고 있는 우리는 단일 민족으로 지금까지 전통을 잘 이어온 것이 자랑거리이고 자긍심을 갖게 하는 것은 분명한데, 때로는 이런 마음이 다른 나라 사람들에 대해 배타적인 모습으로 나타날 때가 있단다.

특히 아시아의 몇몇 나라에서 우리 나라에 돈 벌러 온 노동자들에게 보여지는 우리 태도는 너무나 폐쇄적이고, 비인간적인 모습이 많아.

이런 자세는 글로벌한 시대를 사는 요즘 전혀 바람직한 태도가 아니겠지.

우리 나라에서 살고 있는 외국인이 50만 명이 넘고, 어느 마을에는 외국인의 비율이 10%를 넘는 곳도 있단다.

이제 우리는 열린 생각으로 세계 속으로 들어가야 해. 우리 것만 소중한 것이 아니라 남의 것도 소중하다는 것을 인정하고

함께 더불어 살 수 있는 미래를 만들어가야 한단다.

우리가 외국으로 공부하러 돈 벌러 가듯이 외국 사람들도 우리와 똑같은 이유로 우리 나라에 들어올 수 있는 거야. 그리고 우리가 외면하고 있는 힘든 직업을 묵묵히 열심히 해주는 그들에게 도리어 고마워해야 하는 거란다.

이제 서로 다르다는 것을 있는 그대로 인정하고 그 속에서 어떻게 하면 함께 행복하게 지낼 수 있는지 방법을 찾아나가는 것이 열린 마음이야.

이런 열린 마음과 열린 생각으로 세계로 꿈을 펼쳐나가는 거야.

◆ 사소한 일상 활동이 누적되면 성공이 만들어진다. _메이미 맥컬러우

다른 나라 사람 속에서

알라스카에서 냉장고를 팔 수 있는 사람. 모래 사막에 수로를 만드는 사람. 이런 사람이 존재하는 나라가 바로 대한민국이다.

석유 한 방울 나지 않고 나라도 작은 대한민국이 유일하게 국가 경쟁력에서 이겨낼 수 있는 것은 바로 '사람' 때문이다.

한국 사람은 사막에서도 살아남을 수 있고, 빙산에서도 살아남을 수 있는 강인한 정신력을 갖고 있어.

물 한 방울 나지 않는 사막에 사는 사람들조차 수로를 만들 생각을 못했는데, 우리 나라 사람들은 그 엄청난 일을 생각해 냈고 행동으로 옮겼던 거야.

삼성이나 LG는 세계에서도 선두를 달리는 기업으로 성장하고 있단다. 우리 기업이 세계 곳곳에 공장을 짓고 세계 속으로

세상을 향해 네 꿈을 활짝 펼쳐라

더욱 깊숙이 파고 들어가고 있는 것이지.

해외에 나가 보면 낯이 익은 우리 기업의 이름들이 곳곳에 붙어 있고 어디서든 쉽게 찾아볼 수가 있어.

이제 우리는 대한민국의 한 사람이 아니라 세계인의 한 사람으로 살아가야 할 필요가 있단다.

어느 바이어는 일 년의 반 이상을 하늘에 떠 있던 때도 있다고 해. 미국에서 일을 보고 아시아로 가야 하고 또 바로 유럽으로 가다 보면 비행기에서 생활해야 하는 시간이 많기 때문이야.

이제는 대한민국을 이끌어가는 것에서 그치지 않고 세계를 이끌어가는 세계 시민이 되는 거지. 우리의 일터가 한국이 아니라 세계가 될 수 있고, 그렇게 변하고 있는 거야.

세계가 하나가 되는 것으로 변해가고 있는데 우리는 어떻게 준비를 해야 하는 걸까.

우선 생각을 크게 가질 필요가 있어.

세계 지도를 펼쳐 놓고 항상 여러 나라를 순례하듯이 찾아가 보는 거야. 그러면서 세계인들은 무슨 생각을 하는지 책을 통해서 그들의 문화와 나라에 대해 틈틈이 알아두는 것도 필요해. 그러다 보면 꿈을 폭넓게 생각할 수 있게 되는 거야.

다음에는 자기 자신을 단련시키는 거야.

세계 속으로 뛰어든다는 것은 재미있고 흥미있는 일이긴 하지만 어려운 일일 수도 있겠지. 용기를 갖고 뛰어드는 자세가 필요하단다. 그러기 위해서는 자기 자신을 훈련시킬 필요가 있어. 운동선수로 외국에서 활약하고 싶다면 운동 기술과 체력 같은 것들이 외국선수들과 맞설 수 있게 기초 체력을 차근차근 단련시키고 키워나가야 하는 거야.

그리고 어학 실력을 키우는 거야.

우리가 일하게 될 미래에는 한국어, 영어만으로 부족할 거야. 중국어, 일본어, 스페인어 같은 언어가 더 필요할 거야.

그런데 언어라는 것이 하루 아침에 이루어지는 것이 아니란다. 지금부터 하나하나 시도해 보면 돼. 한 가지 방법으로는 자기가 가장 좋아하는 영화 한 편을 선택해서 반복해서 보는 거야. 그러다 보면 나중에는 외워질 정도로 외국어에 익숙해진단다.

이렇게 미리미리 준비해야 성공 가능성이 커지는 것이란다.

◆ 목적이 없는 사람은 방향타가 없는 배와 같다. _토머스 칼라일

세상을 향해 네 꿈을 활짝 펼쳐라

천천히

문학, 저널리스트 분야에서 뛰어난 작품에 수여되는 퓰리처상을 만든 조셉 퓰리처는 42세부터 죽을 때까지 앞을 보지 못한 맹인으로 살아야 했지만 신문으로 벌어들인 돈으로 전문 언론인 교육 기관도 세우고 퓰리처상까지 만들었다.

신문왕이라고 불리는 퓰리처는 평생을 언론과 관련된 일을 하면서 살았단다.

'신문은 옳은 것과 그른 것을 가르치는 도덕 교사'라고 굳게 믿으면서도, '재미없는 신문은 죄악'이라는 생각을 가지고 있었지.

그런 퓰리처가 중년의 나이가 되어서 눈이 보이지 않는 맹인이 되었단다.

다른 사람들 같으면 자기가 하고 싶은 꿈도 이루었고, 할 만큼 했으니까 그동안 벌어놓은 것으로 편안히 살면 되겠지라고 생각했지만 퓰리처는 달랐어.

그동안 돈을 버는 것이 꿈이 아니라 진정한 언론인으로 살고자 하는 게 꿈이었기 때문에 더 훌륭한 언론인을 키워내기 위해서 뭔가를 하고 싶었어.

앞도 보이지 않았기 때문에 자유롭지 않았지만 또 다른 꿈을 이루기 위해 그는 천천히 자기 생각을 하나하나 현실로 이루어 나갔단다.

컬럼비아 대학에 저널리즘 스쿨을 세워 신문으로 벌어들인 돈으로 전문 언론인을 키워내기 시작했지.

거기서 멈추지 않고 죽기 전에 유언으로 퓰리처상을 만들었단다. 컬럼비아대학교 신문대학원에서 운영하는 퓰리처상은 오늘날 미국의 권위있는 보도, 문학, 음악상이 되었단다.

퓰리처는 엄청난 장애가 있는데도 불구하고 자기 꿈을 펼치기 위해 한 걸음 한 걸음 천천히 준비하고 나아갔단다.

자기 꿈을 이루어나가는 것인데, 급하게 서두른다고 해서 빨리 이루어지는 것은 아니야. 그러니까 절대로 급하게 서둘러서는 안 돼. 목표를 올바르게 정하고 꾸준히 해나가는 거야.

세상을 향해 네 꿈을 활짝 펼쳐라

긍정의 파워

---→

일반 사람들도 오르기 힘들다는 외국의 산을 등정한 엄지공주로
알려진 윤선아의 희망원정대는 많은 사람들에게 가능성의 힘을
보여주었다.

라디오 DJ를 하면서 많은 사람에게 희망을 심어주는 엄지공
주 윤선아는 평범한 삶을 살아가는 사람들에게는 한 방의 펀치
를 날려주었고, 불편한 몸으로 힘들게 살아가고 있는 수많은 사
람들에게는 기적 같은 희망의 끈을 건네주었어.

TV를 통해 그녀의 삶이 방송되었을 때 사람들은 저리도 작
은 몸으로 세상을 살아가려면 정말 힘들텐데 어쩌면 저렇게 웃
으면서 지낼 수 있을까 하는 생각이었어.

세상은 참으로 공평하단다. 누구에게나 기쁜 일이 생기고 누
구에게나 고통의 시간은 주어지게 되어 있어. 다만 나한테 주어
진 고통만 커보이고 나한테는 기쁜 일은 생기지 않는다고 생각

을 하니까 그렇게 느껴지는 것이지.

그런데 마음 하나 바꾸면 우리의 삶은 전혀 다른 모습으로 바뀐단다.

'이렇게 큰 고통이 나한테 왔으니 이제 나에겐 희망이 없어.'

'왜 나한테만 이렇게 힘든 일이 계속 되는 거지.'

이런 생각을 하고 있다면 내 곁에 다가온 고통의 무게는 훨씬 더 크게 느껴질 거야. 하지만 마음을 바꾸면 고통의 모습도 달라지겠지.

'누구에게나 고통은 오게 되어 있어. 그래도 내가 견뎌낼 수 있는 힘이 조금이라도 남아 있을 때 왔으니 다행이야.'

'어? 또 힘든 일이 생겼네? 지난번에도 이겨냈으니까 이 정도는 거뜬히 해결할 수 있어.'

이렇게 긍정적으로 생각하는 에너지는 우리가 상상도 할 수 없을 만큼 강력하단다.

긍정의 힘이야말로 이 세상을 살아나가는데, 험난한 세상을 즐겁게 즐기면서 살 수 있는 방법이야.

긍정의 힘은 한 가지 에너지만 가지고 있는 것이 아니라 희망이라는 새로운 에너지를 계속 만들어내고 결국에는 고통을 이겨내는 것은 물론이고 새로운 희망을 안겨주게 되는 거야.

엄지공주가 우리에게 보여준 긍정의 힘과 자기 자신에게 삶의 희망을 주는 것에서 그치지 않고 방송이라는 매체를 타면서,

고통의 그늘 속에서 힘들게 살아가고 있는 많은 사람들의 가슴 속에 '나도 저렇게 살 수 있을까?' 라는 의문을 갖게 만들고 좀 더 나아가 '그래. 나도 할 수 있어. 해내고 말 거야.' 라는 용기를 갖게 해주었어.

아주 작은 엄지공주지만 그 안에 담겨 있는 긍정의 힘은 핵폭탄과 같은 위력을 발휘한단다.

그리고 이런 긍정의 힘은 어느 한 사람만 해낼 수 있는 것이 아니라 우리가 마음만 바꾼다면 누구나 가능하단다.

◆ 자신이 어디로 가는지 모르는데 어떻게 목적지에 도달할 수 있겠는가? _베이실 월시

가치를 추구하라

12살의 아이가 '내가 이 지구를 구할 수 있다.' 라는 믿음 하나로 이 지구를 구하기 시작한 일이 있었다. 대니 세! 그는 우리에게 지구를 구하는 것이 로봇이 아니라 사람만이 할 수 있다는 것을 증명해 보였다.

우리는 이 세상에 태어나 가치있는 일을 해야 한다고 학교에서 가정에서 귀에 딱지가 않도록 들으면서 자라왔다. 그러나 가치있는 일은 뭔가 위대하고 종교계에서 해야 하는 일처럼 생각되곤 했지.

12살 아이가 시작한 작은 기적은 이제 지구를 구하는 로봇이 아니라 바로 '사람' 만이 할 수 있다는 것을 증명해 보였어.

대니 서는 수많은 거창한 환경운동가가 되겠다고 외친 것이 아니라 우리가 살아가면서 얼마나 많은 동물을 아무렇지도 않게 학대하고 있는지를 사람들이 보면서도 느끼지 못하고 있다는 사실을 일깨워주는 데서 기적을 일으키기 시작한 거야.

목청 높여 환경을 살리자고 외치는 것이 아니라 우리 모두 하루에 15분만 환경을 생각하는 일에 투자한다면 아름다운 지구를 보존해 나갈 수 있다고 생각하고 이것을 생각하는 데서 멈추지 않고 실천으로 옮긴 것뿐이야.

작은 15분의 생각이 기적을 낳는 거란다.

놀랍게도 대니 서는 12살의 어린 나이에 단 10달러를 가지고 몇 명의 친구들과 함께 '지구 2000'이라는 단체를 세웠단다. 지구의 날에 맞추어 2000년까지 지구를 구한다는 뜻으로 세워진 이 단체를 통해 10달러는 곧 20,000명의 회원으로 번져갔어.

대니 서가 하고 있는 15분의 작은 기적은 전혀 어려운 것이 아니야. 분수에 떨어진 동전 기부하기, 물건을 살 때 천연재료인지 아닌지를 확인하기 같이 누구나 할 수 있는 일들이란다.

결코 기적은 훌륭한 사람이 해내는 일이 아니고 몇몇 위대한 사람이 해내는 일도 아니야. 아주 평범한 보통 사람들이 세상을 바꾸는 일을 해냈을 때 그것이 바로 기적이 되는 거란다.

대니 서는 자기 혼자만 잘 살겠다는 생각을 하지 않고 우리를 살게 해주는 지구와 함께 같이 잘 살아야 한다는 생각을 하고 있었던 거야.

가치있는 일을 해나가는 것이 항상 어렵고 뭔가 숙제 같은 무게를 우리에게 주었다면 생각을 바꿀 필요가 있단다.

가치는 나에게 옳은 것을 말한단다. 친구들에게는 그다지 중요하지 않은 것이지만 나에게 특별한 의미가 있다면 그것은 가치있는 일이 되는 거야.

각자에게 옳은 가치들이 나만의 것이 아니라 세상 사람들이 모두 옳다고 생각하고 함께 가치있는 일이라고 생각한다면 그것은 모든 사람에게 보편 타당한 가치가 될 수 있는 거야.

세상을 향해 네 꿈을 활짝 펼쳐라

시간마다 신 기술을 체크하라

안토니오 가우디. 그는 지금 우리 곁에 없지만 그가 시작한 건축은 아직도 끝나지 않은 채 계속 되고 있다. 하루가 다르게 신기술이 생겨나는 요즘 가우디가 우리에게 주는 메시지는 무엇일까.

기술이 발달하고 과학이 첨단을 달리는 시대를 살고 있다. 그러나 여름만 되면 홍수 피해를 당하는 이재민들이 줄어들지 않고 있어. 자연 재해 앞에 속수무책일 수밖에 없는 현실 앞에서 지금의 신기술들이 과연 사람을 위한 기술인가 생각들 때가 있단다.

세계문화유산인 경주의 불국사에 가면 절이 산 위에 거대하게 자리잡고 있는 것을 볼 수 있어.

불국사 경내로 들어갈 때 옆 길을 올라가는데 비스듬한 산비탈에 돌을 빼곡히 쌓아 평지를 만든 후에 그 위에 전각들이 세워져 있단다.

지금은 산을 깎아 'ㄴ' 자처럼 평지를 만든 후에 그 위에 건물을 짓는다면, 예전에는 산비탈에 'ㄱ'자처럼 돌을 차곡차곡 쌓아 위를 평지로 만든 후에 그 위에 건물을 지었어.

지금은 산을 깎아 내고 건물을 짓기 때문에 빠르게 지을 수 있지만 산의 물흐름을 끊어놓거나 바꿔놓기 때문에 땅 속에서 어떤 변화가 일어나는지 알지 못하는 경우가 생기는 거란다.

하지만 옛날에는 산을 그대로 두고 자연을 훼손하지 않고 건물을 지으려니까 돌을 하나하나 빼곡히 쌓아올리는데 긴 시간이 필요했던 거란다.

우리 모두 '빨리빨리'라는 병에 걸린 것만 같아. 그러다 보니까 홍수가 나서 제방을 다시 쌓아도 다음 해 똑같이 홍수가 나면 똑같은 피해를 당하는 거야.

스페인의 건축가 안토니오 가우디가 설계한 사그라다파밀리아(성가족 교회)는 1882년에 바르셀로나에 건설하기 시작하여 현재까지도 완성되지 않고 건축을 계속하고 있어.

특히 후원자들의 기부금으로 짓다 보니 늦어지는 것도 있겠지만 하나하나를 지을 때마다 완성된 모습으로 건설하기 때문에 시간이 오래 걸리는 거야.

가우디가 설계하여 건설을 시작할 때 한 말을 보면 그의 생각을 잘 알 수가 있단다.

"이곳은 최후의 교회가 아니라 새로운 개념에 맞춘 최초의

교회다."

"자연을 생각하지 않고는 건축을 할 수 없다."

이렇게 말해 온 가우디의 생각은 100년이 지난 지금도 우리에게 머리 숙이게 해.

우리는 좀 더 편하게, 좀 더 쉽게 생활하기 위해 신기술 개발에 더욱 노력할 거야. 그러나 이제는 우리의 신기술 발달이 자연과 함께하는 것인지 체크해 볼 필요가 있어.

신기술의 발달이 필요한 것은 사실이지만 자연을 파괴하고 환경을 파괴하는 기술이라면 그것은 언젠가 우리 인간들에게 똑같은 모습으로 되돌아오기 때문이야.

◆ 자비심을 강하게 가지면 고난을 만나도 큰 활력이 생겨서 이를 쉽게 이길 수 있다. _달라이 라마

선택하자!

2부

내 인생은 내가 선택하며 산다

꿈을 모으는 아이?

나라 잃은 백성들의 삶은 하루하루가 고달프다. 먹는 것 하나 제대로 해결되지 않은 암울한 시절 전형필은 우리 문화재를 모으는 데 자기 인생을 걸었다.

우리는 꿈을 꾸거나 목표를 세울 때 어린시절부터 꿈을 키워가기도 하지만 어느 순간, 어떤 계기로 생각지도 못했던 목표를 세워 그 길로 가는 경우가 있단다.

증조할아버지 때부터 지금의 종로 4가인 배오개 중심의 종로 일대의 상권을 장악한 부호집안의 상속자로, 휘문고보를 거쳐 일본 와세다 대학 법과를 졸업한 전형필에게는 아무 걱정이 없어 보이지.

하지만 대학졸업 후 25세 때(1930년)부터 고증학자인 오세창을 만나면서 그에게는 새로운 꿈이 생겼단다. 바로 문화재를 모으는 것이야.

나라를 잃은 것도 서러운데 우리 민족 문화재를 일본인의 손에 넘겨주는 것을 볼 수 없었던 그는 조상 대대로 물려받은 돈으로 우리 문화재를 모으기 시작한 거야.

꿈을 하나하나 모으기 시작한 그는 이제 하나의 사명감을 갖고 우리 문화재가 나라 밖으로 나가는 것을 막아야 한다는 새로운 목표가 생겼어.

그래서 한남서림을 후원 운영하면서 고서적 등 문화재가 일본으로 넘어가는 것을 막았지.

이때 모은 문화재 중에는 아주 중요한 것들이 있는데, 1942년 일본 사람 몰래 안동에서 거금 2,000원을 주고 사들인 『훈민정음』 원본은 그 역사적 가치를 평가하기 힘들 정도로 중요한 문화재야. 그외에도 수많은 고서적·고서화·석조물·자기 등이 있으며, 10여 점 이상이 국보로 지정되었단다.

이렇게 꿈을 모으던 전형필은 보성고등학교를 세워 교육사업을 해나갔고, 간송미술관을 세워 많은 사람들이 우리 문화재를 마음껏 볼 수 있도록 했단다.

전형필이 이렇게 꿈을 모을 수 있도록 도와준 사람이 바로 오세창이야. 오세창의 문화재를 찾아내는 눈이 없었다면 꿈을 이루는 것이 훨씬 어려웠을 거야.

우리도 모으는 일을 할 필요가 있어. 자기가 원하는 것들을 모으는 거야. 자기의 희망을 모으는 것이지. 꿈을 꾸는 아이는

성공의 길을 찾게 되어 있어.

항상 꿈꾸면서 꿈에 연관된 것들을 모으는 거야.

엘런 그린스펀는 꿈을 지닌 아이였다. 그는 꿈을 모으다 보니 금융 분야의 리더가 되는 것이 꿈이었다는 것을 분명히 알아냈어. 그는 금융 분야의 리더가 되기 위해서 엄청난 노력을 하기 시작했단다.

그래서 그는 사람들의 심리를 분석하는 일을 배웠어. 그는 금융과 연관된 사람들의 분석된 심리를 헤아리면서 경제를 이끄는 리더십을 키워 갔단다.

그는 마침내 미국의 금융 정책을 다루는 전 연방 제도이사회 의장이 되었어. 미국의 금융 정책의 리더가 된 것이야. 15년 정도 이 일을 하면서 사람들의 심리를 분석해 왔단다. 그리고 심리 분석을 바탕으로 삼아 그는 리더십을 발휘하는 거야.

자기의 꿈을 모으고 거기에 필요한 것들을 공부하고 훈련한 덕분에 그는 그 일을 통해서 미국의 경제를 발전시키는데 기여할 수 있었어.

그린스펀이 그것을 할 수 있었던 것은 다른 것이 아니었어. 그는 자기가 리더가 되고 싶다는 욕망이 가슴 속에서 꿈틀거리고 있다는 것을 분명하게 알게 되는 과정을 거치고 그것을 준비한 덕분이야.

모으는 일은 쉬운 일이 아니란다. 무엇인가에 열중해서 모으는 일은 짧은 시간에 해낼 수 있는 것은 아니야. 긴 시간이 필요하고 인내심도 필요하단다. 한 가지를 집중해서 모으는 일은 의미있는 일이야. 단순한 취미를 넘어서 전문가가 될 수 있거든. 흥미가 생기는 것이 나타나면 열심히 그것과 관련된 것들을 모아보는 거야. 모으는데는 인내심이 필요하다는 것도 잊지 말자.

세상을 향해 네 꿈을 활짝 펼쳐라

작은 생선을 굽듯이 하라

--->

23전 23승의 대기록을 남긴 이순신. 임진왜란을 승리로 이끄는데
결정적인 역할을 한 이순신이 전쟁에서 이길 수 있었던 것은 바
로 미리 준비했기 때문이다.

영국학자 발라드라는 사람은 이런 말을 했다.

"영국 사람으로서 넬슨(스페인의 무적함대를 무찌른 영국 해군
제독으로 영국의 영웅임)과 비교할 만한 사람이 있다는 걸 인정
하긴 항상 어렵다. 그러나 그렇게 인정될 만한 인물이 있
다면, 그 인물은 바로 단 한 번도 패한 적이 없는 위대한 동양의
해군 사령관 이순신 장군뿐이다."

세계의 4대 해전의 하나인 한산도대첩을 승리로 이끈 이순
신 장군은 우리들에게 목표를 달성하는 방법을 분명하고 정확
하게 보여준 리더야.

위기를 기회로 만드는 리더십, 변화를 내다보고 미리 준비하

는 자세야말로 꿈을 이루는데 기본이 되어야 할 거야.

『노자』라는 책의 60장에 보면 '치대국약팽소선(治大國若烹小鮮)'이라는 말이 나와.

그 뜻을 살펴 보면, 큰 나라를 다스리는 것은 작은 물고기를 굽는 것과 같다는 뜻이란다.

이 말은 작은 고기를 굽기 위해 젓가락으로 앞뒤를 뒤집다 보면 생선살이 부서지고 먹을 것이 없어 낭패를 보니, 작은 생선은 때를 기다려 뒤집어야 한다는 뜻이다.

이순신 장군이 항상 생각했던 것도 나라의 위험이 닥친 다음에 그것을 막는 것은 어려우니까 미리 미리 준비하고 대비하자는 것이었어.

많은 사람들이 헛되이 시간을 보내는 동안 이순신은 군사 훈련을 시키고, 거북선을 만들어 만약을 대비했던 거야.

그런 준비가 없었다면 23전 23승이라는 승리는 없었을 것이고, 위기에 처한 나라를 구하지도 못했을 거야.

새가 날아갈 때도 갑작스럽게 날아가지는 않아. 가슴 속에 공기를 잔뜩 집어넣은 다음에 하늘로 날아올라가는 거란다.

우리가 꿈을 펼치는 것도 아무 준비없이 어느날 갑자기 꿈을 이루어낼 수는 없어.

꿈을 이루기 위해 무엇이 필요하고 어떤 노력들을 해야 하는지 미리 계획하고 준비해야 된단다.

무엇이든 빨리 해야 한다는 생각을 버리고 미리 준비하고 계획하는 것은 철저하게 하고 우리가 할 수 있는 최선의 방법을 다해서 준비하는 거야.

　그런 다음 우리 꿈을 펼칠 수 있는 기회가 왔을 때를 기다려 이루어나가면 되는 거야.

◆평판보다 인격에 신경을 써라. 평판은 남이 자기를 보는 것이지만 인격은 자기 자신이다. _존 우든

진실한 정보가 진실을 낳는다

우리에게 희망을 주고 과학계의 영웅으로 우리 가슴 속에 자리 잡았던 줄기세포 팀의 사건은 과학에 대한 희망, 미래에 대한 희망에 찬물을 끼얹고 우리를 기운 빠지게 했다. 진실을 외면한 성취는 그것이 아무리 중요하다 해도 결코 그 진실은 살아날 수 없다.

단 한 번도 생각하지 않았던 논문조작이라는 엄청난 사건 앞에서 많은 사람들이 과연 꿈을 이루는 것은 어떤 모습이어야 할까에 대해 다시 한 번 생각해 보는 시간을 갖게 하였단다.

꿈을 꾸는 것에서 멈추어서도 안 되지만 꿈을 실현해 나가는 과정은 더더욱 중요하단다.

'얀 헨드리크 쇤 박사의 데이터 조작사건' 은 이미 과학계에서 많은 과학자들에게 과학자로서 가야 할 기본 룰이 목숨과도 같다는 것을 증명해 준 사건이야.

얀 헨드리크 쇤은 네이처, 사이언스 등의 저널에 십여 편의

획기적인 물리학 논문을 발표했지만 그것이 조작으로 드러나면서 과학계에서 발 디딜 수 없게 되었단다.

과학이라는 것은 과거를 연구하는 학문이 아니라 미래를 연구하고 이 지구에 사는 생명체들에게 모두 이로울 수 있는 것을 만들어내는 학문이라고 할 수 있어. 그런데 성공에 급급하여 진실을 외면한다면 과연 그 학문이 우리 인간에게 어떤 도움을 줄 수 있을까.

특히 과학자를 꿈꾸는 학생들에게 얀 박사의 비과학적인 행동은 남의 나라 이야기로만 볼 수 없게 되었단다. 바로 우리 나라에서 이와 비슷한 사건이 일어났기 때문이야.

줄기세포연구에 전념했던 과학자들이 열심히 뼈를 깎는 고통을 받아가면서 연구했지만 그 결과에 상관없이 과정이 잘못되었기에 지금까지 이루어 놓은 성과가 많은 사람들에게 외면당하게 되었던 거야.

여러분이 꿈꾸고 있는 것이 무엇이든 빨리 그것을 이루어야 한다는 생각을 해서는 안 돼. 꿈을 이루어가는 과정 역시 우리가 훌륭하게 커갈 수 있는 길이 되기 때문이야.

비록 꿈을 이루어가는 길이 힘들고 때로는 내가 원했던 길을 가지 못해 다시 돌아가야 할 때도 있어. 그럴 지라도 거짓이 존재해서는 안 된단다.

내가 어떤 꿈을 꾸더라도 진실이 담겨 있어야 해. 그랬을 때

나뿐만 아니라 이 세상도 아름다운 세상이 될 수 있는 거야.

'진실이 아니면 자료로 활용하지 않는다.'

이런 생각은 어떤 분야든 모두 적용되는 대원칙이라는 것을 잊지 말자.

생각의 벽을 뛰어넘어라

장영실은 자신의 신분을 뛰어넘어 시대를 앞서간 진정한 과학자
이다. 노비의 신분을 벗어날 수 있었던 것도 자기의 능력을 십분
발휘했기 때문에 가능하다.

어린 시절 장영실은 친구도 없고 동네 아이들에게 왕따 취급
을 당했다. 그럴 때마다 장영실은 위축되지 않고 아이들과 친하
게 지내려고 노력했어.

아이들이 만들지 못하는 것들을 만들어 주고, 장난치다 아이
가 광에 갇히면 열쇠도 없이 자물쇠를 열어서 아이를 구해 주
곤 했지.

그러다 보니 아이들은 장영실과 친하게 지내게 되어 왕따 취
급을 받지 않게 되었단다.

장영실의 과학 정신은 물시계나 측우기 같은 것을 발명하는
것에서 멈추지 않고 세종대왕의 건강을 챙기기까지 하였어.

책을 너무 많이 읽는 세종대왕에게 이렇게 아뢰었지.

"너무 오랫동안 책을 보지 마시옵소서. 한두 식경 책을 보신 후에는 눈을 쉬게 해주어야 합니다. 청솔가지나 대나무 숲을 보면서 눈을 쉬게 해주어야 합니다. 녹색은 눈을 밝게 하는 효과가 있습니다. 눈은 한 번 나빠지면 고치기 어려우므로 미리미리 예방하셔야 합니다."

자연의 이치를 잘 살펴서 사람에게 이롭게 하는 물건을 만들어내는데 앞장선 장영실은 항상 갇혀 있는 생각에서 벗어나려고 애썼단다.

있는 그대로 보지 않고 어떻게 하면 새로운 것을 만들어낼까를 고민했고, 어떻게 하면 하늘의 자연을 알 수 있을까 하면서 끊임없이 생각의 벽을 뛰어넘으려고 노력했지.

결국 장영실은 생각의 벽을 뛰어넘어 실천에 옮기는 용기 있는 과학자로서 인정받아 정5품의 별좌라는 벼슬을 얻게 되었고, 노비의 신분에서 벗어나 신분 상승을 할 수 있게 되었던 거야.

지금은 조선 시대가 아니란다.

장영실과 다른 눈으로 시대를 읽을 줄 알아야 되겠지. 다만 장영실의 용기와 도전 정신은 우리가 꿈을 이루어나가는 데 필요할 거야.

오늘날의 이 시대는 어떤 인물을 원할까.

우주를 정복하고 모든 사람이 평등한 시대를 살고 있는데, 어떤 인물이 되어야 할까.

우주를 정복했다고 해도 완전 정복을 한 것이 아니야. 이제 우주를 조금씩 알아나가기 시작했을 뿐이란다.

또 모든 사람이 평등한 시대를 살고 있다고 생각되지만 눈을 조금만 돌려 봐. 얼마나 많은 사람들이 불평등한 대접을 받으면서 살아가고 있는지 보일 거야. 학교에서 친구들로부터 왕따라는 비인간적인 대접을 받고 있는 친구가 있고, 직장에서 상사나 동료로부터 푸대접을 받는 사람들도 있단다.

또한 이 지구상에 누구는 돈더미를 깔고 살 만큼 부자로 사는가 하면 한쪽에서는 한 끼 식사를 걱정해야 하는 사람들이 함께 살아가고 있어.

우리가 꿈을 펼쳐야 하는 곳이 바로 이런 복잡한 일들이 벌어지는 세상이야. 생각의 폭을 넓히고 눈을 돌려 많은 곳을 볼 필요가 있겠지.

새벽의 정신으로 세상을 만나라

정신분석학의 대가인 프로이드는 의사로서의 길을 걸으면서 인간의 뇌에 관심이 많았다. 다른 의사들과 달리 우리 몸을 구성하고 있는 신경들과 특히 뇌의 구조에 따라 사람이 변화되는 것을 연구하여 그 분야에서 탁월한 위치에 오르게 되었다.

어린 시절 장군이 되는 것이 꿈이었던 프로이드가 대학에서 연구실에 있을 때 자연과학 전반에 대해 눈을 뜨기 시작했지.

그때부터 자연에 속하는 우리 인간을 움직이는 것은 무엇인지 연구하면서 자연스럽게 뇌에 대해 관심을 갖게 되었고, 나중에는 그 분야에서 최고의 위치를 차지하게 되었던 거야.

심지어 치료법을 연구하여, 자연 연상법을 통해 마음속에 숨어 있는 생각과 감정을 끌어내어 자연스럽게 아픈 곳을 치료할 수 있는 방법을 찾아낸 거야.

이렇게 우리 몸을 지배하고 있는 뇌는 아직까지 자기의 모든 것을 인간들에게 알려주고 있지 않단다.

모든 사람은 잠을 자는 동안 꿈을 꾼단다. 그런데 눈을 뜨는 순간 그 꿈들은 사라지고 마는데 강한 자극을 준 꿈은 사라지지 않고 우리 생각 속에 남아 있는 거야. 너무 많은 꿈을 꾸면 밤새 잠을 제대로 못 자서 몸이 찌뿌듯하다든가 어디가 아프다면서 병원을 찾곤 하지.

그런데 밤새 꾼 꿈을 생각해 내는 훈련을 하게 되면 우리 뇌는 운동을 하게 되기 때문에 머리도 맑아지고 건강에도 도움이 되는 거야.

새벽에 일어나 맑은 공기를 마시면서 훈련을 시작해 보는 거야.

아침 일찍 일어나 바른 자세로 앉아 명상하는 자세를 취하자. 그리고 눈을 감고 밤새 무슨 꿈을 꾸었는지 가만히 생각해 보는 거야.

처음에는 아무것도 생각나지 않지만 하루 이틀 반복하면 차츰 영화 이미지처럼 하나하나 생각들이 떠오르게 돼.

일단 새벽에 일어난다는 것은 그만큼 부지런해야 된다는 것을 의미하겠지. 일찍 자고 일찍 일어나다 보면 몸은 건강해지고, 명상을 통해 새벽 공기 마시면서 마음과 머리를 정리하면 하루의 시작이 건강해지는 거란다.

새벽에 일어나는 것이 어렵다면 한 달에 한두 번씩이라도 시도해 보는 거야.

새벽 공기는 우리 머리와 마음을 맑게 만드는 신선한 에너지란다. 새벽 정신은 티 없는 정신이고, 새벽 정신은 편견 없는 태도야. 새벽 정신을 내 것으로 만들기 위해서 노력하면 우리 머리는 맑아지고 여러분은 보다 총명하게 이 세상에서 설 수 있게 될 거야.

◆ 오직 온유와 겸손으로 일하라. 다툼과 허영으로 일하지 말라. _예수

도움말 받아들이기

우리 나라 축구 대표팀이 월드컵에서 세계의 주목을 끌 수 있도록 힘쓴 사람 중에 베어벡 코치가 있다. 항상 감독 옆에서 선수들의 특징을 확실하게 파악하여 감독에게 조언을 해주는 코치의 역할은 매우 중요하다. 선수들에게도 장단점을 분명하게 알 수 있도록 도와주기 때문에 그의 도움말은 핵심이 되는 것이다.

　베어벡 코치는 선수들의 장단점을 잘 파악하여 대표팀의 실력을 최고로 끌어올리는 데 최선을 다했고, 선수들은 코치의 가르침대로 잘 따라주어 2002년 월드컵에서는 4강 신화를 이루어냈고, 2006 독일월드컵에서는 16강에는 들어가지 못했지만 국민들에게 희망의 불씨를 안겨 주었다.

　상대방의 말을 잘 듣는 사람이 꿈을 이루는 성공 확률이 높단다. 대화를 할 때 내 말만 강조하다 보면 모임의 분위기를 한쪽으로 몰고 갈 수 있어. 하지만 상대방의 이야기를 잘 듣고 내 생각을 정리하여 이야기하면서 서로 합의점을 찾아가는 것이 진정한 대화의 방법이고, 이런 대화를 통해서 우리는 성장해 가는 것이야.

특히 십대에는 어떤 도움의 말을 듣느냐에 따라 인생의 방향이 달라지기도 해. 바로 진심어린 조언 한 마디가 나의 인생을 바꾸는 나침반의 역할을 하기도 하는 거란다.

미국 메이저리그에서 활약하고 있는 박찬호는 야구를 좋아하는 사람들에게 즐거움을 줄 뿐만 아니라 우리 나라 선수가 외국 프로야구계에서 그 이름을 떨치고 있다는 사실만으로도 애국심을 고취시키고 있어.

박찬호가 어느 해는 몸의 컨디션 악화와 부상으로 자기 실력을 제대로 발휘하지 못한 적이 있었어.

미국 진출 이후 항상 승승장구할 거라고 생각하고 굳게 믿었던 박찬호가 제 성적을 내지 못하니까 사람들은 이제 틀렸구나 라고 생각했지.

그러나 박찬호는 절대 포기하지 않았어.

구단 코치가 조언해 주는 것을 열심히 듣고 자기의 단점을 고쳐나가기 시작했단다. 처음에는 변화를 받아들이는 것이 쉽지 않았을 거야. 하지만 박찬호는 고쳐야 할 점을 정확하게 말해 주는 코치의 조언을 받아들이고 그대로 고치려고 최선을 다해 노력했단다.

그 후 박찬호가 얼마만큼 자기 실력을 발휘 하느냐 하는 것은

그다지 중요하지 않아. 다만 처음의 자기 실력만 믿고 항상 자기가 최고라고 믿는 것이 아니라 자기의 단점을 고칠 수 있도록 진심으로 조언해 주는 것에 대해 잘 들어야 해. 그리고 이를 고치려고 노력하면 앞으로 그 발전 가능성이 무궁무진하기 때문에 희망을 갖게 되었다는 것이 중요한 거란다.

여러분도 나를 위해 누군가가 조언을 해준다면 무조건 듣기 싫어하지 말고 일단은 열심히 듣도록 하자. 열린 마음으로 조언을 받아들이는 자세는 나의 발전을 위해 필요한 거니까.

◆ 상대방의 의도를 미리 꿰뚫어서 이를 막는 것이 이기는 길이다. 마음을 공략하는 것이 상책이고, 성을 공략하는 것은 하책이다. _손자

기다리면서 행복해지자

베스트셀러인 마시멜로 이야기는 말랑말랑하고 달콤한 마시멜로 과자를 먹지 않고 15분을 참아낸 아이들과 그것을 먹어버린 아이들은 10년 또는 20년 후에 얼마나 달라졌는지를 살펴보면서 성공과 행복의 비밀을 얘기하고 있다.

인내심이 강한 사람일수록 성공 확률이 높다.

아나운서가 번역하여 베스트셀러 대열에 오른 마시멜로 이야기를 보면 기다림의 결과가 얼마나 큰지를 알 수 있어.

4살 무렵 조나단은 한 연구에서 마시멜로를 15분 동안 먹지 않으면 마시멜로 1개를 더 준다는 연구원의 말을 듣고 꾹 참고 먹지 않았어. 그런데 10여 년 뒤에 마시멜로를 먹고 싶어도 참았던 사람들은 학업도 뛰어나고, 인간관계도 좋으며, 살아가면서 받게 되는 스트레스 조절 능력이 뛰어나다는 조사가 나왔지. 이 이야기를 들은 햄버거를 좋아하는 아이가 변하기 시작한 거야.

세상을 향해 네 꿈을 활짝 펼쳐라

갖고 싶은 것이나 내가 좋아하는 것을 앞에 두고 참아야 한다는 것은 어찌 보면 고통스러울 수도 있어. 하지만 행복한 결과를 생각하면 얼마든지 기다릴 수 있을 거야.

이런 작은 기다림이 하나하나 쌓여 나가면 우리는 자연스럽게 인내심을 우리 습관으로 만들게 된단다. 습관이 한 번 몸에 배이면 그때부터는 자기가 목표한 것을 위해 기다려야 한다면 얼마든지 기다릴 수 있게 된단다.

이와 비슷한 우화를 한 편 살펴보자.

사자 두 마리가 먹잇감을 찾으러 숲 속을 돌아다니고 있는데, 눈 앞에 토끼 한 마리가 눈에 띄었단다.

한 마리 사자가 토끼를 낚아채려고 하자 다른 사자가 말리는 거야.

"저 토끼를 보니까 누군가를 기다리는 것 같아. 아마 다른 토끼들을 기다리는 것 같애. 좀더 기다렸다가 두 마리를 잡자."

"그러다 저 토끼마저 놓치면 어떡해. 그냥 저거라도 잡아먹자."

"좀 더 기다려 보자. 토끼 한 마리 가지고 우리 둘이 나눠먹으면 모자라잖아. 인내심을 갖고 기다려 봐. 잘 지켜보다가 다른 토끼가 나타나지 않으면 그때 잡아먹어도 돼."

조바심이 나던 사자는 할 수 없다는 듯이 기다리기로 했어.

한참을 지나자 저쪽에서 다른 토끼가 나타나는 거야.
그걸 보고 두 마리 사자는 각각 한 마리씩 토끼를 잡았단다.

성공하기 위한 방법 중 하나가 바로 '적당한 시기는 반드시 온다'는 사실이야. 적당한 시기가 올 때까지 준비를 하면서 기다리는 거야. 기다림의 시간을 그냥 흘려보내지 말고 자기가 원하는 것을 손에 넣을 수 있는 방법을 생각하고 그것이 손에 들어왔을 때의 행복감을 생각해 보아도 좋겠지.

그러나 이런 기다림의 법칙을 모르는 사람은 조급함에 눈 앞의 이익만 쫓게 되고 큰 성공을 거둘 수 없게 된단다. 물론 행복을 느낄 수도 없을 거야.

이제 기다림의 순간을 행복하게 즐기는 거야.

◆ 군자는 화합하지만 남의 말에 쉽게 부화뇌동하지 않는다. _논어

파랑새는 내 안에 있다

치르치르와 미치르가 파랑새를 찾아다니다 결국 집 문에 매달린 새장 안에서 기르고 있던 새가 행복을 뜻하는 파랑새라는 사실을 알게 되는 동화 '파랑새'는 좀더 나은 직업을 찾아다니는 사람들을 빗댄 말로 변하여 우리 사회에 '파랑새증후군'이라는 신조어를 만들어냈다.

크리스마스 전날 꿈 속에서 요술쟁이 할머니가 나타나 병든 딸을 위해 파랑새를 찾아달라는 꿈을 꾼 어린 남매 치르치르와 미치르가 파랑새를 찾아다닌다는 이야기야.

두 남매는 파랑새를 찾아 개, 고양이, 빛, 물, 빵, 설탕 등의 님프를 데리고 길을 떠났지. 추억의 나라, 밤의 궁전, 숲, 묘지, 미래의 나라 등을 헤매고 다녔지만 끝내 파랑새를 찾지 못하고 돌아오고 말아.

그런데 눈을 떠보니 그것은 꿈이었고 깨고 나니 집 문에 매달린 새장 안에서 기르고 있던 새가 행복을 뜻하는 파랑새라는 사실을 알게 된단다.

이 동화에서 말하는 '파랑새'는 행복을 비유해서 말하는 것인데, 결국 행복은 멀리 있는 것이 아니라 내 가까이 있거나 내 안에 있다는 것을 알려주고 있단다.

요즘은 옛날처럼 신분제도가 있지 않아. 100년 전까지만 해도 태어날 때 어느 집안에서 태어나느냐에 따라 자기의 신분이 달랐단다. 양반 집안에 태어나면 평생을 양반으로 살아야 하고 천민의 자식으로 태어나면 내가 아무리 똑똑해도 나의 신분은 천민일 수밖에 없었어.

달나라를 오고 가는 오늘날 말도 되지 않는 얘기라고 생각될 거야. 하지만 요즘 우리는 '신분 상승'이라는 말을 서슴없이 할 정도로 사람들 사이에 계층이 있다고 느낀단다.

지금은 옛날과 달리 빈부의 차이로 신분이 달라진다고 느끼는 거야. 그러다 보니 많은 젊은이들이 월급을 많이 주고 연봉을 많이 주는 곳으로 직장을 옮기곤 하지.

이렇게 좀더 나은 직장, 좀더 나은 환경, 좀더 나은 연봉을 따라 직장을 옮겨 다니는 사람들을 '파랑새'를 쫓는다고 해. 그러다 보니 이리저리 옮겨 다니는 것이 무슨 유행처럼 번져서 우리 사회는 지금 '파랑새증후군'을 앓고 있는 거란다.

파랑새는 여러 가지로 표현되지만 결국에는 '행복'을 말하는 거야. 좀더 행복해지고 싶어서 직장을 옮기고, 환경을 따지고, 내가 일한 것에 대한 대가를 많이 받고 싶은 거란다.

세상을 향해 내 꿈을 활짝 펼쳐라

그런데 이렇게 한다고 해서 행복해지는 걸까.

행복은 돈으로 살 수도 없고, 편한 생활을 한다고 해서 반드시 행복해지는 것은 아니란다. 내가 얼마나 가치 있게 살고, 즐겁게 살고 있는지처럼 행복을 가져다 주는 것은 눈에 보이는 것보다 눈에 보이지 않는 것이 비교할 수 없을 정도로 많단다.

돈은 행복의 최고 목표가 아니야. 다만 행복해질 수 있는 수단은 되겠지. 행복의 뿌리는 마음속에 있다는 것을 잊지 말자.

◆ 행동을 하면 열매가 있어야 한다. 네 자신이 바라지 않는 것은 남에게 베풀지 마라. _공자

나의 타임캡슐을 만들자

얼마 전 뉴스에서 인천의 한 초등학교에서 47년 전에 묻은 타임캡슐이 발견됐다. 초대 교장 선생님이 학교의 발전을 바라는 마음에서 묻어둔 것이었다.

초등학교 신축 이전 과정에서 발견된 타임캡슐은 전쟁의 상처가 채 가시지 않았던 1959년에 세워진 이 학교 건물의 머릿돌 안에 보관돼 있던 것이야.

구리로 만든 타임캡슐 안에서는 당시 교직원과 학생 6백여 명의 명단, 그리고 학교 건물의 설계도 등이 온전한 형태로 발견되었단다. 흑백 기념사진과 1환, 10환짜리 지폐 등 당시 시대상을 그대로 보여 주는 자료들도 함께 나왔어.

서울을 도읍지로 정한 지 600년이 된 것을 기념으로 1994년 11월 29일 서울시에서는 '서울1000년타임캡슐'이라는 것을 만들어 남산한옥마을에 묻어놓았단다. 꺼내보는 것은 2394년

세상을 향해 네 꿈을 활짝 펼쳐라

11월 29일이야.

타임캡슐 안에는 1994년 서울의 인간과 도시를 대표할 수 있는 문물 600점을 뽑아서 넣었는데, 400년 후에 그것을 꺼내 볼 우리 후손들은 자기네 조상들이 어떻게 살았는지 알 수 있을 거야.

이렇게 타임캡슐 안에는 지금 우리가 지키고 소중하게 간직해야 할 것들을 담아 땅 속에 묻은 후 먼 훗날 이것을 꺼내보면서 우리의 문화유산을 전달해 나가는 거란다.

시간이 지나도 변하지 않고 소중히 간직해야 할 나의 꿈을 타임캡슐에 담는다면 여러분은 어떤 것들을 담을 수 있을까.

지금 소중하다고 생각되는 것들이 나중에도 과연 소중하게 대접받을 수 있을까. 지금 우리가 아무렇지도 않게 들이마시고 있는 공기가 과연 먼 훗날에도 우리 후손들이 아무렇지도 않게 들이마실 수 있을 정도로 깨끗한 상태로 있을까.

우리가 꿈을 마음껏 펼칠 수 있는 것은 우리 조상들이 우리에게 이런 살기 좋은 곳을 만들어 놓았기 때문에 가능할 거야.

이제 우리가 그 일을 할 차례야.

정말 소중한 것이 무엇인지, 꼭 전해 주어야 할 것들이 무엇인지, 과연 우리는 그것들을 얼마나 소중하게 간직하고 있는지, 내 꿈을 이루는 것에만 급급하여 다른 이의 꿈은 짓밟고 있는 것은 아닌지, 작지만 소중히 간직해야 할 것들이 분명 우리 주변에는 많단다.

　이제 우리 모두 나의 타임캡슐을 만들어 보는 거야. 언젠가 누군가가 이것을 열어볼 것이라고 생각하면서 그 안에 무엇을 넣을 것인지 잘 선택해 보자.

◆ 힘을 쓰면 사람에게 지배당하지만 마음을 쓰면 사람을 다스리게 된다.

　_ 맹자

즐거워야 살도 잘 빠진다

2년 전 미국의 소아과학회에서 학교에서 어린이들에게 청량음료를 먹지 못하도록 금지해달라고 촉구하는 성명서를 발표했다. 물론 이것은 그런 청량음료를 먹지 못하게 하려는 것이 주된 목적이 아니라 아이들이 더 살이 찌거나 더 뚱뚱해지는 것을 막으려는 것이다.

인류가 생긴 이래 지금까지 대부분의 사람들은 '과식'과 '게으름'이라는 두 가지 나쁜 습관에 대해 전혀 걱정할 필요가 없었다. 식량은 너무나 모자랐고 살기 위한 조건이 너무나 힘들었기 때문이지.

그런데 요즘 많은 사람들은 일부러 조금만 먹어야 하고 많이 운동하려고 노력하지 않으면 안 된단다. 이렇게 해도 우리 몸속에는 칼로리가 남아 있단다.

사회가 발전하면서 음식도 많아지고 모든 생산품이 늘어나 우리는 아주 쉽게 소비할 수 있게 되었지.

물론 지구의 어느 한쪽에는 빈곤의 늪에서 빠져나오지 못하는 곳도 있지만 현대사회를 이루고 있는 대부분의 나라는 소비하고도 남아돌 정도로 생산물이 넘쳐나고 있단다.

마이클 콕스와 리처드 암이 『부와 빈곤의 신화』라는 책에서 충격적인 말을 했단다. 1970년도에 보통 피자를 사먹으려면 1시간11분을 일해야 했지만, 오늘날은 50분만 일하면 된다는 거야. 또 지금은 코카콜라 한 잔을 사먹으려면 그때의 절반만 일하면 된다고 했지.

이 말은 옛날에 비해 오늘날 보통 사람들은 같은 일을 하는데 훨씬 적은 칼로리를 쓴다는 것이야.

그러니까 살찌지 않는 방법은 아주 간단하단다. 덜 먹고 더 많이 움직이면 되는 거야. 그러나 간단하다고 해서 쉬운 것은 아니야.

살이 쪄서 비만으로 고생하는 사람들이 살을 빼기 위해 온갖 방법을 찾아서 살 빼는 작전을 펼치지만 우리 몸에 한 번 붙은 살은 좀처럼 없어지지 않는단다.

살 빼는 것이 얼마나 힘들고 어려우면 살과의 전쟁이라는 표현을 쓰겠니.

우리 몸이 살이 찌면 몸은 게으름을 피우고 싶고 살은 더욱 빠지지 않는단다. 살이 찐다는 것은 병이 생기는 것과 같아.

어린이 비만에 대해 조사한 것에 의하면 어른들한테 나타나는 고혈압이나 성인병들이 비만어린이들한테도 나타나고 있

어.

살이 찌면 움직이는 것이 귀찮고 그러다 보면 우리 꿈을 이루는 것은 점점 멀어지게 되는 거야.

살을 빼는 방법에는 여러 가지가 있겠지만 무엇을 하든 즐겁게 해야 한다는 것을 명심해야 돼. 음식을 골고루 먹고 적당한 운동을 해야 한다는 것은 모든 사람이 알고 있단다. 다만 실천에 옮기는 것이 너무 어렵다는 거야.

살은 하루 이틀 운동한다고 해서 빠지는 것도 아니고 며칠 굶는다고 해서 빠지는 것도 아니야. 운동을 하거나 음식을 줄이면 처음에는 빠지는 것 같지만 요요 현상 때문에 다시 살이 찌고 만단다.

이제 우리가 음식을 먹듯 스포츠를 하나씩 선택하는 거야. 스포츠를 선택할 때는 남이 좋다는 것을 따라가는 것이 아니라 나한테 맞는 것을 골라야 해. 그리고 운동을 할 때마다 즐겁게 해야 돼.

우리가 좋아하는 일을 할 때는 기분도 좋고 즐거운데 남이 시키거나 억지로 해야 한다면 우리는 얼마 못 가서 싫증을 내고 포기하게 되는 것과 마찬가지야.

어차피 운동을 해야 한다면 즐거운 게임을 하는 거라고 생각하면서 해도 좋고, 음악을 틀어놓고 해도 괜찮겠지.

이렇게 꾸준히 운동을 하면 살도 빠지고 몸에 남아 있는 독성도 땀으로 빠져나가 정신 건강에도 도움이 된단다.

그렇게 되면 생각도 맑아지고 의욕도 생겨 일도 추진력 있게 해나갈 수 있단다.

도 전 도 전 그리고 또
도 전 하 는 거 야

아문젠은 노르웨이의 탐험가로 세계 최초로 남극점에 도달하였
고, 북극점을 비행선으로 횡단한 탐험가를 대표하는 위대한 탐험
가이다.

아문젠의 본래 목표는 북극점 최초 도달이었으나, 미국의 피
어리가 1909년 먼저 도달하자, 남극으로 목표를 수정하게 돼.
1912년 남극 고래만에 상륙한 아문젠은, 영국의 스콧 탐험대
와 운명을 건 세기의 대결을 벌이게 된다. '나는 남극으로 떠나
오'라는 1통의 전보를 스콧에게 쳤는데, 이것이 남극점을 둔 세
기의 대결이 시작된다는 것이었어.

아문젠은 철저한 준비와 뛰어난 전략으로 55일 만에 남극점
을 최초로 밟았고, 스콧이 남극점에 도달했을 때 노르웨이 국기
가 펄럭이고 있는 것을 보아야만 했단다. 그후 아문젠은 1926
년에는 비행선을 타고 북극점을 횡단하는데 성공하게 돼.

이런 탐험가들의 용기와 도전을 보면 도전을 시도했다는 것 자체가 이미 성공한 거나 마찬가지야.

우리가 꿈을 이루려면 도전하지 않고서는 불가능하단다.

변화하는 세상 속에서 한 번의 도전으로 바로 이루어지는 일은 거의 없을 거야. 하지만 도전을 해야만 열매를 얻을 수 있는 거지.

젊은이의 특징은 열정과 도전이라고 할 수 있어. 가슴에서 새로운 것에 대해 도전하고 싶은 생각이 떠오르고, 열정으로 불타오르는 것을 느낄 수 있는 세대란다.

우리 나라에서 우주인선발대회를 열었어. 과학기술부와 한국항공우주연구원은 총 36,206명(남자 29,280명, 여자 6,926명)이 지원했고, 전국 6개 지역에서 실시하는 3.5km 달리기 같은 기초체력측정을 시작으로 본격적인 한국 우주인을 선발하는 거야. 그런 다음 러시아 훈련에 참석하게 되는 거지.

인간이 우주선을 타고 우주 여행을 떠날 줄은 아무도 몰랐어. 오직 새로운 것에 대한 도전만이 가능하게 해주었단다.

도전하는 자만이 미지의 땅을 밟을 수 있는 것처럼 여러분도 용기와 도전하는 자세로 자기의 꿈을 이 세상에 펼칠 수 있는 거야.

세상을 향해 네 꿈을 활짝 펼쳐라

새의 노래를 들어 봐

새 박사 윤무부. 자랑스런 서울 시민 100인에 포함된 새 박사는 감히 자신을 '새대가리'라고 표현되는 것에 반감을 가지지 않는다. 새를 사랑하는 한 사람으로서 새와 함께하는 한 사람으로 이미 자연의 일부가 되어 있는 것이다.

　윤무부 교수님의 새에 대한 사랑은 이미 자연 속의 하나가 된 모습임을 보여준다. 어느 방송에서 일부러 이상한 상황을 만들어 놓고 한 사람을 철저하게 속이면서 시청자들을 즐겁게 해주는 '몰래카메라'라는 프로그램에서 윤무부 교수님은 세 가지 면에서 철저한 모습을 보여주었단다.

　새 전문가, 낙천적인 인간성, 그리고 완전한 청력까지.

　자기가 원하는 한 분야에서 성공하는 것은 짧은 시간에 이루어지는 것은 아니란다. 긴 시간을 투자하면서 그 분야에서 전문가가 될 때까지 파고 들기 위해서는 정말 그 분야를 좋아하지 않으면 불가능해.

그리고 절대 짧은 시간 안에 올라갈 수도 없을 거야.

사람이 사랑에 빠지면 자기 인생을 모두 걸 정도로 용기를 내고 그 사랑을 차지하려고 한단다. 꿈을 이루기 위해서는 내가 정말 좋아하는 것인지, 내 인생을 걸고 투자해도 되는지 생각해 봐야 해.

내가 좋아해서 어떤 일을 하게 된다고 해도 그 일이 항상 나에게 즐거움만 주는 것은 아니야.

이때 우리는 기다림의 시간도 갖게 되고, 생각지도 않은 걸림돌에 걸려 좌절을 맛보기도 할 거야.

이런 시간들을 잘 견뎌내기 위해서는 성격이 낙천적일 필요가 있단다.

계속해서 이상한 상황을 설정하여 출연자를 당황하게 만드는 몰래카메라에 속아 넘어간 윤무부 교수의 낙천적인 인간성을 보면서 많은 사람들이 그분의 마음에 동화되고 순수함에 고개 숙이게 되는 거란다.

우리 속담에 사서 걱정한다는 말이 있어.

작은 일 하나하나에 조바심내고, 빨리 해야 한다는 강박 관념에 시달리고, 너무 조급하게 자기 자신을 재촉하면 우리는 항상 무언가에 쫓기에 된단다.

마음이 여유롭지 못하고 무언가에 쫓기다 보면 아주 쉬운 일도 해내지 못하고 스트레스 받는 일이 많아지게 돼.

우리가 태어나서 죽을 때까지 결코 짧은 시간이 아니란다. 긴 인생길을 가는데 빨리 가려고 서두를 필요는 없어. 빨리 하려고 하는 까닭은 마음속에 욕심이 생기기 때문이야. 욕심은 마음을 흐리게 하고 생각의 중심을 흔들어 놓는단다.

새 소리를 들으면서 사람들은 두 가지로 표현하지.

"새가 울고 있네."

"새가 노래하네."

여러분은 새 소리를 들으면서 어떤 표현법이 생각날까.

새는 자기만의 소리로 말을 할 뿐인데 우리가 운다고 표현하기도 하고 노래한다고 표현하기도 하는 것은 듣는 사람의 마음에서 나오는 거야.

자연은 우리에게 결코 빨리 가라고 재촉하지 않는단다. 자연은 이미 이 세상의 법칙을 잘 알고 있고, 자연의 순리대로 즐겁게 살아가고 있을 뿐이야.

우리 인간도 자연의 일부니까 자연을 벗어난 생각을 하지 말고 자연과 함께 즐겁게 자기 꿈을 이루어가도록 하자.

나누고 베풀 줄 아는
부자가 되어라

경주에 가면 300년을 부자로 살아온 최부자집이 있다. 그 집안에 대대로 내려온 전통은 현대를 사는 우리들에게 많은 것을 생각하게 해준다.

경주 최부자집은 부자이면서도 존경받은 집안이었다. 조선시대 300년 동안 만석꾼 집안 최부자집에는 특별한 인생철학이 있단다.

흉년에는 땅을 사지 않는다.
파장 때는 물건을 사지 않는다.
1만 석 이상의 재산은 사회에 환원한다.
손님을 후하게 대접한다.
주변 100리 안에는 굶어죽는 사람이 없게 한다.
벼슬은 진사 이상 하지 않는다.

세상을 향해 네 꿈을 활짝 펼쳐라

며느리는 시집 오면 3년 동안 무명옷만 입는다.

보릿고개 때는 쌀밥을 먹지 말고 은수저도 사용하지 않는다.

경주 최부자집이 존경받는 이유는 뭘까. 긴 세월 부를 잃지 않고 잘 축적해서일까. 개인이 부를 잘 축적해서 존경을 받는다면 왜 오늘날의 재벌들이 존경을 받지 못하는지 고개가 갸우뚱거려질 것이야.

최부자집이 존경받는 이유는 혼자 잘 먹고 잘 사는 것이 아니라 함께 더불어 사는 사람들과 함께 잘 살려고 애를 썼다는 점이야. 나눌 줄 알고 베풀 줄 알기에 최부자집이 존경을 받는 것이란다.

메이지 시대 때 '일본 경제의 아버지'라고 불리던 시부자와 에이치는 이런 말을 했어.

"한 개인이 아무리 부자가 되어도 사회 전체가 가난하다면 그 개인의 부는 보장 받지 못한다. 사업가는 개인의 이익을 취하기 앞서 사회의 이익을 먼저 생각해야 한다."

그는 일본국립제일은행장으로 무려 500여 개의 기업을 창설하는데 앞장섰고 그 자신도 왕자제지를 창업한 인물이란다.

부자들의 생활 모습을 잘 들여다보면 자기 자신에게 매우 철저한 걸 알 수 있어. 함부로 낭비하지 않고 몸소 절약하는 습관을 갖고 있단다.

어린 시절부터 물건 하나하나를 끝까지 사용하고, 쓰다가 싫증난다고 버리지 말고, 저축하는 습관을 들여야 해.

물건을 낭비하는 것은 개인적으로도 손해지만 결국 쓰레기만 쌓이고 환경을 오염시키는 원인이 되기도 한단다.

저축하는 습관을 들이는 것은 어린시절부터 해나가야 해.

세상에 처음부터 부자는 없는 법이야. 재벌은 하늘이 내리지만 부자는 노력하면 얼마든지 이룰 수 있는 거란다.

낭비하지 말고 저축하는 습관을 들여야 하는 것은 어른이 되서 갑자기 저축하고 낭비하지 않겠다고 생활하다가 남들에게 인색한 사람으로 보일 수도 있단다.

최부자집 사람들처럼 하나하나 습관처럼 생활하고 그렇게서 쌓인 부는 결코 혼자만의 것이 아니라는 생각을 가져야 해.

가난한 사람들에게 나누어 줄줄 알고, 베풀어 주어야만 진정한 부자가 되는 거겠지.

세상을 향해 네 꿈을 활짝 펼쳐라

더 멀리 보라

팝 가수 마돈나는 1990년대 뉴스위크지가 선정한 미국문화엘리트 100인에 선정되는 유일한 가수다. 유럽에서는 유명 연예인을 연구함으로써 그 시대의 대중문화를 연구하는 학문을 만들었다. 특히 마돈나는 미국현대사회, 나아가서 전세계의 현대문화에 대한 영향력이 너무 커서 아예 '마돈나학'이라는 학문을 따로 만들었다.

마돈나는 1983년에 데뷔하여 1984년에 전세계적인 팝스타가 되었고 이 인기는 지금도 계속되고 있다.

지금까지 가장 생명력이 긴 것은 마돈나였으며, 불멸의 가수인 비틀즈보다 많은 싱글차트 히트곡을 가지고 있고, 역대 여가수 중 가장 많은 앨범판매고를 올렸단다. 하지만 무엇보다도 미국대중문화를 만들어가는 데 엄청난 영향력을 주었어.

그리고 열정을 끊임없이 만들어내는 마돈나를 존경한다는 가수도 많단다. 그리고 마돈나를 존경하지는 않아도 많은 여가수들이 마돈나의 퍼포먼스(몸을 이용하여 예술을 실천하는 행위예술)를 모방하곤 해. 마돈나에 대한 모방은 표절이라고 말하지 않는단다. 아무리 그래도 마돈나의 퍼포먼스를 쫓아갈 수 없기 때문이야.

한 시대의 문화를 이끌어가는 힘은 단순히 노래를 잘하고 연기를 잘하는 개인적인 능력에서만 나오는 것은 아니야. 항상 미래를 내다보고 남들이 생각하지 않은 일을 해보는 도전 정신이 있어야 가능하단다.

남들이 닦아 놓은 아스팔트 길 위를 달리는 것은 누구나 할 수 있을 거야. 하지만 가시덤불이 우거진 곳에 새로운 길을 만들라고 하면 누가 나서서 이 일을 해내려고 할까.

우리 나라에 처음으로 고속도로가 놓일 때 많은 사람들은 먹고 살기도 힘들고 차도 많지 않은데 힘들게 돈 많이 들여 고속도로를 놓느냐고 반대하는 사람들도 많았단다.

하지만 100년도 채 안 된 지금 우리 나라는 고속도로가 뻗어 있지 않은 곳이 없을 정도로 고속도로 천국이 되어 있어.

눈 앞에 놓인 길만 따라가면 내가 가고자 하는 길을 가지 못하는 경우가 많단다. 눈 앞에 놓인 길만 보지 말고 고개를 들고 멀리 내다볼 줄 알아야 돼.

내가 가고 싶은 곳이 어디인지를 생각하고 어떤 길로 어떻게 가면 되는지를 전체적으로 생각한 다음 발걸음을 떼어놓는 거야.

꿈도 전체적인 그림을 먼저 그려놓아야 돼. 내가 하고자 하는

일이 무엇인지, 내가 이루고자 하는 꿈이 무엇인지 전체적인 그림을 그리고 어떻게 그 그림을 완성해 나갈지 차분히 생각하면서 하나하나 그림을 그려나가고 색깔도 칠해가면 아주 멋진 나만의 꿈 그림이 완성된단다.

이제 고개를 들고 멀리 내다볼 줄 아는 힘을 키우도록 하자.

◆ 사랑의 정신에서 행동할 때 참된 삶을 살았다고 느껴진다.

_ 헨리드루 먼드

스페셜리스트가 되라

몇가지 분야를 두루 약간씩 아는 사람들을 '제너럴리스트'라고 하면 한 분야에서 깊고 넓게 알아 프로가 되어 성공하는 사람들을 '스페셜리스트'라고 한다.

나는 이 다음에 커서 대기업을 운영해서 대재벌이 되고 싶다고 생각하는 사람이 있는가 하면 구체적으로 나는 의사가 된다든지, 패션디자이너가 된다든지 하면서 한 분야에서 성공하고 싶어하는 사람들도 있다.

중요한 것은 자신이 어느 분야에 재능이 있는지 잘 알아서 그 능력을 키우는 거야. 그리고 앞으로 10년 뒤, 20년 뒤에 어떤 분야가 이 사회를 이끌어나갈지 잘 알아서 직업을 선택할 때도 좀더 환경이 좋은 곳을 선택하고 싶을 거야.

하지만 무엇보다 중요한 것은 정말 내가 하고 싶은 것이 무엇이냐 하는 것을 알아내는 것이란다.

세상을 향해 네 꿈을 활짝 펼쳐라

평양감사도 저 싫으면 못한다고 했어. 아무리 좋은 직업이라고 해도 자기한테 맞지 않으면 할 수도 없고 한다고 해도 오래 가지 않아 싫증을 느끼고 다른 직업을 찾게 되는 거야.

나의 특성이 무엇인지 빨리 알아내는 사람이 그만큼 앞서 갈수 있을 거야. 십대의 장점은 잠재력이 무궁무진하다는 거야. 이때 나한테 잘 맞는 것이 무엇인지 나의 적성은 무엇인지, 내가 정말 잘 하고 즐거워하는 것은 무엇인지 찾아내서 그것이 나의 직업이 된다면 가장 좋겠지.

하지만 내가 좋아하는 것은 게임이니까 게임만 해야지 하는 것은 취미 활동이란다. 사회활동을 할 수 없고 나 혼자만 즐기고 마는 것은 취미 활동에 불과해. 그런 것은 지금 하지 않아도 언제든 하고 싶을 때 할 수가 있어.

그러나 사회활동과 연관된 나의 특성을 찾아내려면 많은 것을 해보면서 나한테 맞는 특성을 키워야 한단다.

내가 직접 모든 것을 해보고 선택하는 것이 가장 바람직한 방법이지만 그것은 현실적으로 불가능해. 그래서 사람들은 책이나 다른 수단을 통해 여러 사람의 삶의 모습들을 관찰하는 거란다.

여러분이 책을 많이 읽어야 하는 이유가 바로 여기에 있어.

다른 사람이 어떻게 살아왔는지, 어려움이 있을 때 어떻게 극복했는지, 이 세상에는 어떤 직업들이 있는지에 대해 책은 우리에게 다 보여준단다.

　이제 여러분은 자기의 특성이 무엇인지 나는 어떤 분야에서 스페셜리스트가 될 수 있는지, 나는 정말 어떤 분야에서 스페셜리스트가 되고 싶은지를 마음껏 찾아보기 바란다.

스스로 이미지 메이킹을 하자

이미지컨설턴트라는 직업이 있다. 사람의 이미지를 바꾸어서 자신감을 갖게 해주고 인생까지 바뀔 수 있도록 도와주는 직업이다. 현대는 자기 관리를 어떻게 하느냐가 성공의 또 다른 열쇠이다.

성공한 사람들을 보면 어쩌다 우연히 성공한 사람들은 찾아보기 힘들다.

자기가 하는 일에 미쳤다는 소리를 들을 정도로 열정을 갖고 뛰어든 사람이 성공할 확률이 높아.

자기 PR시대인 요즘 어떻게 하면 나의 특징을 남들에게 보여줄 수 있을까를 놓고 고민하곤 해. 이제는 공부 잘하는 사람이 성공하던 시대도 지났고, 자기만의 독특한 개성을 가지고 있는 사람이 성공할 가능성이 높아졌어.

이 사회에는 점점 직업이 다양해지고, 다양한 문화와 다양한 생각을 가진 사람들이 모여살게 되니까 자기의 개성을 잘 나타내는 사람이 대접받는 시대가 된 거란다.

TV를 보면 예쁘거나 잘 생기고 멋진 연예인들이 인기를 얻기도 하지만, 그다지 예쁘거나 미남이 아니면서도 인기를 한 몸에 받는 사람들이 많아. 그들은 나름대로 자기만의 독특한 개성을 나타내는 이미지메이킹을 하는 거야.

못 생겼다고 해서 개성이 없는 게 아니라는 거지. 못 생긴 것을 그대로 드러나게 하되 그보다 그 사람의 개성에 초점을 맞추는 거야. 그러다 보면 시청자 입장에서는 나보다 못 생긴 사람이 TV에 나와도 저렇게 인기를 끌 수가 있구나 하는 생각이 들면서 자기도 언젠가 인기 있는 사람이 될 수 있다는 자신감을 갖게 하고, 연예인은 어딘가 우리와 다르다는 생각에서 개성이 있는 사람은 누구나 연예인이 될 수 있겠구나 라는 생각을 하게 되는 거야.

사람들의 마음속에 쉽게 파고 들 수 있는 것은 잘 생기고 예쁜 사람보다 개성이 있거나 사람들에게 친숙하게 다가갈 수 있는 사람이란다.

여러분도 자기만의 개성을 만들어가야 돼.

사람들의 생각은 그렇게 다르지 않아. 꼭 연예인이 아니더라도 어느 회사든 어느 단체든 사람들이 모이는 곳에는 개성을 가진 사람들이 모임을 이끌어가거나 분위기를 즐겁게 하기도 하면서 인기를 끈단다.

세상을 향해 네 꿈을 활짝 펼쳐라

이미지 메이킹을 할 때 주의할 점을 살펴보자.

첫째, 나의 개성이 무엇인지 제대로 찾아낸다.
둘째, 남이 예쁘고 멋있다고 해서 나도 똑같이 예쁘거나 멋있는 건 아니다.
셋째, 밝은 이미지 메이킹이 사람들에게 호감을 준다.
넷째, 명품은 남들과 똑같기 때문에 개성을 살리지 못하고 방해한다.
다섯째, 겉모습만 이미지 메이킹 하는 것은 오래가지 못한다.

이런 이미지 메이킹의 기본은 자기 자신을 잃지 않는 것이야. 남들이 하는 것을 따라하지 않고 나한테 맞는 방법을 찾아 이미지 메이킹을 해나가면 여러분은 멋진 모습으로 변신할 거야.

◆ 남들에게서 최선의 것을 얻으려면 먼저 자신이 최선을 다하라.
_ 하비 파이어 스톤

3부

도전하자!

내 인생의 CEO가 되자

생각을 인터넷처럼

→

몇십 년 전만 해도 새로운 정보를 알기 위한 방법이 많지가 않았
다. 그러나 이제는 우리가 생각만 잘 하면 얼마든지 정보를 알아
낼 수 있는 방법이 있다. 바로 인터넷이다.

구글은 인터넷에서 정보를 쉽고 빠르게 검색할 수 있도록 만
들어진 세계 최대의 인터넷 검색엔진이야. 구글이 주로 하는 일
은 인터넷 검색 서비스와 광고 프로그램이지.

특히 구글의 검색 서비스는 구글의 독자적인 검색 기술에 따
라 완전 자동화된 옵션과 기능을 포함하고 있어. 세계 어디서든
접속이 가능하고, 30억 쪽이 넘는 어마어마한 웹사이트와 인터
넷 포털사이트에 쉽게 접근할 수 있단다.

이렇게 어마어마한 구글을 만든 사람은 1998년 미국 스탠퍼
드대학교의 대학원생인 래리 페이지와 세르게이 브린이야. 두
친구는 다음해 2500만 달러의 공동 출자 지원을 받아 검색 서

비스를 시작하였는데, 지금은 이쪽 분야에서 어느 누구도 따라오지 못할 정도로 커버렸단다.

구글은 천문학적 숫자인 'googol'에서 따온 말인데, 10^{100}(10의 100제곱)을 의미해.

몇 년 전에 우리 나라는 IMF라는 외환위기를 맞은 적이 있었단다. 경제적으로 나라가 어려워지자 달러가 부족해서 외국에서 빌려와야 했던 시절이 있었지. 지금은 경제위기에서는 벗어났지만 아직 우리는 방심해서는 안 될 정도로 경제 사정이 좋지 않단다.

이렇게 경제 사정이 나쁘지만 모든 사업이 다 어렵고 모든 장사가 다 안 되는 것은 아니야.

전쟁터에서도 살아남는 사람이 있는 법이란다.

지금처럼 경제가 나쁜데도 그 가운데 몇몇 사람들은 사업을 잘 하고 있는 사람도 있어. 그 중 하나가 바로 구글 같은 곳이겠지.

남들과 환경이나 조건이 똑같다고 해서 다 똑같이 버는 것이 아닌 것처럼 우리가 주변 환경을 탓하고 있는 동안에 누군가는 다른 방법이 없는지 생각하고 또 생각한다는 사실을 잊지 말아야 해.

생각이라는 것은 인터넷처럼 우리가 어떻게 활용하느냐에

따라 상상도 하지 못할 것을 찾아낸단다.

인류 문명의 발달 과정을 보면 그 중심에는 '생각'이 자리 잡고 있어.

생각이 굳어버리면 우리 삶은 아주 재미없고 로봇 같을 거야. 하지만 생각을 유연하게 하고 폭넓게 해나가면 이 세상이 얼마나 아름답고 흥미롭고 재미있는 곳인지 알게 된단다.

하루에 한 번 하늘을 보는 사람이 몇이나 될까.

사람들을 잘 관찰해 보면 무엇이 바쁜지 정신없이 앞으로 걸어가는 사람, 땅만 바라보고 걷는 사람, 친구와 얘기하면서 걷는 사람 등등 여러 사람들을 볼 수 있단다.

그런 사람들이 하늘을 볼 때가 있어. 바로 비가 오거나 눈이 올 때야.

이제는 하루에 한 번 하늘을 보면서 마음을 비우고 넓히는 명상의 시간을 갖자.

마음이 복잡하고 답답하면 생각을 제대로 할 수가 없단다.

앞으로는 하루에 한 번 하늘을 보도록 하자.

기술 하나는 갖추라

현대는 자기의 실력을 증명할 수 있는 방법으로 자격증이 있다.
어떤 일을 하든 그 분야에서 전문가로 인정받을 수 있는 방법이
자격증과 기술이다.

의학 기술이 발달하고 과학이 발전하면서 인간의 수명은 점점 길어지고 있다. 80대 할아버지께서 70대 할아버지에게 "아직 어리구만."이라는 표현을 하는 것을 들을 수 있는 시대를 살고 있단다.

사람들을 초대하여 지금까지 건강하게 살아온 것을 함께 축하하는 환갑잔치를 하는 것이 쑥스러워 기념으로 여행을 떠나는 분들도 많아졌어.

정년의 나이를 지나 회사를 그만두어도 뭔가 할 일이 있지 않으면 50대 후반부터 남은 여생을 어떻게 보내야 하는지에 대해 심각하게 고민하고 해결 방법을 찾아야 할 때가 된 거지.

어느 개인의 문제가 아니라 우리 사회가 안고 있는 발등에 떨어진 문제란다.

일을 하지 못하는 할아버지, 할머니들이 많아지고 일을 해야 하는 젊은층이 점점 적어지고 있기 때문에 우리 사회에 커다란 문제로 떠오르고 있단다.

앞으로는 정년을 해서도 또 다른 일을 찾아야 될 거야. 예전과 달리 나이가 들어도 의학이 발달하여 건강하게 살 수 있는 길이 열려 있단다.

그러다 보니 연세 드신 분들이 컴퓨터를 배우기도 하고, 문화센터에서 여러 가지 강좌를 듣는 경우도 많아지고 있어.

할아버지 할머니가 되지 않더라도 요즘처럼 다양한 문화가 있는 사회에서는 기술이라든가 자격증을 하나씩을 가지고 있어야 해.

어떤 사람은 사막에 갖다 놔도 살아올 것 같은 사람이 있는가 하면, 어떤 사람은 사막에 갖다 놓으면 그날로 못 살 것 같은 사람도 있단다.

여러분은 어느 쪽 사람이 되고 싶니.

지금 우리가 살고 있는 지구가 바로 사막과 같은 곳이야. 끊임없이 경쟁을 해야 되고 강한 자만이 살아남을 수 있는 곳이란다. 그런 경쟁 사회에서 살아남기 위해서는 나의 실력을 증명할 수 있는 방법이 필요해. 그것은 기술일 수도 있고, 자격증이 될 수도 있을 거야.

내가 전문가이고 프로라는 것을 일일이 말로 하지 않아도 자격증 하나만 보면 알 수 있으니까 현대 사회를 살아가기 위해서는 꼭 필요하단다.

자격증을 따기 위해서는 가능한 한 믿을 만한 단체에서 주는 자격증을 따야 해. 자격증이 너무 많다 보니까 때로는 공신력이 떨어지는 곳에서 자격증을 준다고 사람들을 모으곤 한단다.

우선 내가 하고 싶은 것이 무엇인지 찾고, 그 분야에서 자격을 인정해 줄 수 있는 자격증이 있는지 알아보는 거야. 그리고 그곳이 어떤 곳인지는 반드시 확인해야 해.

국가에서 주는 자격증이 가장 좋고, 여러 단체에서도 자격증을 주고 있는데 그 단체가 믿을 만한 곳인지도 확인해야 되는 거야.

◆ 큰 재주를 가졌다면 근면은 그 재주를 더 낫게 해줄 것이며, 보통의 능력밖에 없다면 근면은 부족함을 보충해 줄 것이다. _J.레이놀즈

세상을 향해 네 꿈을 활짝 펼쳐라

의욕을 길러라

의욕은 뭔가를 하고자 하는 적극적인 마음이나 욕망을 말한다. 목표를 향해 적극적인 의지를 갖고 행동하는 것을 뜻하기도 한다.

한 라디오 프로그램에서 의욕 넘치는 삶에 대해 방송한 적이 있다. 그때 어떤 삶이 의욕 넘치는 삶인지 몇 가지를 소개했는데 여러분도 한 번 해보면 도움이 될 거야.

첫째, 행복한 마음으로 일어나라.
둘째, 아침에 일어나서 밤에 잘 때까지 자신에게 긍정적인 일을 하라.
셋째, 자신의 멋진 계획을 만들고 그것을 세분화하라.
넷째, 모든 힘과 노력을 지금 가장 중요하다고 계획한 것에만 집중시켜라.

다섯째, 모든 개인적인 관계 속에서 좋은 것만을 찾아라.

여섯째, 느긋하고 다정한 태도를 취하라.

일곱째, 어느 정도 모험은 기꺼이 실천에 옮겨라.

여덟째, 행동하라, 미루지 말라, 지금 당장 시작하라.

아홉째, 성공한 사람이나 낙관적인 사람과 사귀어라.

열째, 아름다운 책을 읽어라.

열정을 가지고 있는 사람들은 의욕이 넘치는 생활을 한다. 특히 여러분처럼 십대 때 인기를 한 몸에 받았던 서태지를 보면 의욕이 넘치는 것을 알 수 있어. 노래를 향한 그의 의지는 십대 때부터 시작됐지. 그의 성공은 의욕이 뒷받침된 결과야.

이렇게 의욕은 사람을 키워준다.

의욕은 헛된 욕망이 아니라, 스스로 활력 있게 인생을 살아가는 힘이야.

의욕은 스스로 키워나가도록 해. 스스로의 의지로 의욕을 발휘할 곳을 찾는 거야. 그것이 희망을 만드는 길이란다.

포 장 속 에 담 긴 진 실 을 보 라

외모가 중시되다 보니 속은 보지 않고 겉만 보고 판단하는 경우
가 많다. 포장은 속에 들어 있는 것을 숨기려고 하는 것이 아니라
속에 들어 있는 것을 많은 사람들에게 알려주는 것이 목적이다.
그러나 포장을 하는 사람의 의도에 따라 포장 속에 들어 있는 것
에 대해 그릇된 판단을 할 수도 있다.

한 은행에서 있었던 일이다.

허름하게 옷을 입으신 할아버지께서 들어오셨다. 손님들이
많아 번호표를 받으신 할아버지는 한참을 기다려 한 여직원 앞
에 섰다.

할아버지께서 수건에 꼭꼭 싸맨 돈 봉투를 푸는데 여직원은
한참을 기다려야 했다.

여직원은 약간 짜증이 났다.

한참을 기다려 할아버지는 돈을 통장에 입금시키고 집으로
돌아가셨다.

다음 날 할아버지는 또 돈을 저금하러 오셨다. 그날은 사람도

많은데다가 비까지 와서 더욱 복잡하였다.

그날은 다른 여직원이 할아버지를 맞이하였다.

할아버지는 다른 사람은 아랑곳하지 않고 천천히 돈을 꺼냈다.

그 여직원은 환하게 웃는 모습으로 할아버지의 돈을 받아 통장에 넣어드렸다.

다음날부터 할아버지는 환하게 웃는 여직원을 통해서만 저금을 하였다.

번호표가 맞지 않아도 여직원은 환하게 웃으며 할아버지를 맞았고, 돈을 받아 통장에 넣어드렸다.

그렇게 시간이 흘러 어느날.

멋진 노년의 신사 한 분이 은행으로 들어오셨다. 한 눈에도 큰 돈을 저금하러 오신 것 같았다.

노년의 신사가 들어오자 은행에서 직책이 높은 분이 나와 안으로 모시려고 하였다.

그러자 그분은 정중하게 한 여직원을 통해서 저금을 하고 싶다고 말하는 것이었다.

직책 높은 분이 왜 그 여직원을 찾느냐고 물어보자 그분은 이렇게 말하였다.

"그 여직원은 사람의 겉모습에 따라 사람을 달리 대하지 않더군요. 항상 똑같은 모습으로 자기가 할 일을 열심히 하는 사

람이더군요. 바로 그 여직원이라면 내 돈을 맡겨도 될 것 같습
니다."

겉모습으로 사람을 평가해서도 안 되고, 과대포장된 것의 속
을 들여다볼 줄 아는 지혜가 필요하단다.

이 세상에는 포장된 것들이 많단다. 포장하는 사람의 의도에
따라 속에 들어 있는 물건을 여러 가지 방법으로 표현하는 것
이야. 중요한 것은 겉이 멋있는 포장이 아니라 포장된 것의 속
을 보아야 한다는 점이야.

안에 있는 본질을 보지 않으면 진실을 알 수가 없단다. 때로
는 진실을 가리기 위해 과대포장하는 경우도 있으니까 진실을
가려낼 줄 아는 지혜를 배워야 한단다. 포장된 것의 속을 투시
할 수 있는 시각을 가지면 여러분은 진실을 발견하면서 세상을
살아갈 수 있어.

이제는 멋있고 아름답게 싸여진 포장지만 보지 말고 그 안에
담긴 알갱이를 보는 거야. 그러면 보다 역량이 큰 존재로 자기
자신을 키워 갈 수 있단다.

걸을 때도 땅만 보고 걷지 말고 항상 멀리 보도록 하자. 멀리
보면 길이 보인단다.

삶에 있어서도 멀리 보면 여러분이 할 일의 중심을 찾기가 쉬
워져.

이제 멀리 보고 항해하는 거야. 인생길에서 멀리 보면 길은
다양하게 널려 있으니까.

자립하라

인구 2,500~3,000명의 독일의 작은 마을 '쉐나우'. 규모는 작지만 100% 에너지 자립을 이룬 마을로써 세계적으로 의미 있는 지역으로 알려져 있다. 지붕이 태양광 전지로 덮여 있는 집들이 이 마을의 특징을 잘 나타내 주고 있다.

미국 언론인 앨런 와이즈만은 이런 말을 했단다.

"이 시대의 가장 중독성 강한 마약은 다름 아닌 에너지다."

기름 한 방울 나지 않는 우리 나라에서 차량 증가를 보면 이 말이 무엇을 뜻하는지 알겠지. 에너지 소비는 마구마구 늘어나고, 그런 만큼 환경이 파괴되고 지구가 오염되는 것을 말한 것이야.

편하게 편하게만 외치다가 우리 모두 환경을 파괴하면서 자연과 사람이 함께 깨끗하게 살 수 있는 그런 에너지는 없는 것인가 하는 의문에 대한 해답을 주는 곳이 바로 독일의 에너지 마을인 '쉐나우'인 거야.

쉐나우는 독일 남부 흑림 지역에 있는 인구 2,500명 정도가 모여 사는 아주 아담한 마을 이름이야. 비록 작은 마을이지만, 자립형으로 에너지를 만들어내고 있는 지구상의 희망을 보여 주는 곳이야.

마을 주민들이 힘을 합쳐 거대한 전력회사로부터 마을의 전력망을 사들여 스스로 전력회사를 운영하고 있단다.

1986년 체르노빌 원자력발전소에서 일어난 사고는 전 유럽에 엄청난 충격을 주었단다. 그후 시간이 흘러도 그 지역에서는 사람이 살기 힘들고, 대부분의 사람들은 방사능이라는 소리만 들어도 두려움에 떨어야 했단다.

쉐나우 마을도 두렵기는 마찬가지였어. 마을 사람들 중에 몇몇 의식 있는 사람들이 모여 '원자력 없는 미래를 위한 부모들'이라는 모임을 만들었어. 그후 그들은 에너지 절약 운동을 펼쳤고, 체르노빌 사고로 피해를 당한 어린이들을 초청하는 등 많은 활동을 하기 시작했단다.

이 모임은 시작 단계부터 커다란 어려움에 처하게 되었어. 바로 이 지역의 전력 독점권을 갖고 있는 전력회사와 사이가 벌어지고 갈등을 겪게 된 것이란다. 에너지 절약 운동이 전력회사에게는 수입이 줄어들고 좋지 않은 영향을 미칠 것이라고 생각

한 거야. 그래서 전력을 많이 쓰는 사람이 이득을 보게끔 가격을 조정해 버린 거야.

쉐나우 지역 사람들은 전력회사로부터 독립해야 되겠다는 생각을 하게 되었고 자체적으로 전력을 생산해 사용하자고 의견이 모아졌단다. 몇몇 가구가 힘을 합해 소형 열병합 발전기를 설치하고, 오래된 작은 수력 발전기를 고쳐서 전력을 만들었단다.

그런데 전력회사 외에는 전력 판매가 불가능했기 때문에 전력을 편하게 받을 수가 없었단다. 그때부터 시민들은 전력회사와 싸우기 시작했어. 쉐나우에서 일어나는 상황을 언론을 통해 알리고, 마을 주민들을 일일이 만나 전력회사의 횡포에 대해 고발하기 시작했단다.

결국 쉐나우 주민들은 투표를 통해 전력회사의 독점적 권한을 빼앗았고, 전국적인 모금운동을 펼쳐 EWS라는 전력회사를 만들어 전력판매를 했으며, 전력망까지 사들여 1997년 명실상부한 쉐나우만의 주민자치 전력회사가 되었단다.

여러분은 자립적으로 생각하고 행동하면서 지낼 줄 알아야 돼. 지금부터 조금씩 조금씩 자기가 할 일을 스스로 찾아서 하고 자립하는 힘을 길러야 하는 거야.

요즘은 가족이 많지 않기 때문에 부모님들이 하나하나 도와

주려고 한단다. 그렇게 부모님의 도움에서 벗어나지 못하면 나중에 어른이 되어서도 스스로 하려고 하지 않고, 주변 사람들에게 '마마보이' 나 '마마걸' 이라는 호칭을 듣게 된단다.

자립하면 말과 행동에 자기의 인생이 영향을 받고 있음을 알게 될 거야. 가능하면 품격 있는 언행을 해야 해. 그것으로 여러분의 오늘과 미래는 결정되는 거야. 아무리 명성이 있어도 품격이 낮은 언행은 자제하지 않는 습관을 길러야 된단다.

여러분의 말과 행동 하나하나는 바로 자기 자산에게 영향을 준단다. 입을 통해서, 표정을 통해서 보여지는 것들이 바로 여러분에게 되돌아온다는 것을 잊지 말자.

◈ 백권의 책에 쓰인 말 보다 한 가지 성실한 마음이 더 크게 사람을 움직인다. _B.프랭클린

세상을 향해 네 꿈을 활짝 펼쳐라

다른 견해도 말하라

민주주의는 토론을 통해 결론을 이끌어낸다. 방송에서 진행되는 토론 프로그램은 시청자들에게 토론 문화의 모습을 있는 그대로 보여주면서 함께 자기 생각을 이끌어나갈 수 있게 만든다.

토론을 하면서 나 혼자만 말을 한다거나 상대방의 말을 중간에 끊어 버리면 올바른 토론이 이루어질 수 없어. 나의 의견을 말하는 것 못지않게 남의 말을 들어줄 줄 아는 사람이 되어야해.

아주 간단한 토론이라도 토론이 진행되면서 지켜야 할 규칙이 있단다.

토론의 규칙에 무엇이 있는지 살펴보자.

첫째, 발언 시간을 제한해야 한다.

둘째, 발언 순서를 정해야 한다. 원칙적으로 처음과 마지막 발언은 불리한 쪽이 한다.

셋째, 상대방의 견해에 반론을 펴는 시간은 양쪽이 똑같다.

넷째, 토론이 끝나면 판정한다.

이런 토론 문화에서 또 한 가지 주의해야 할 것이 바로 맹목적으로 한 사람의 견해를 따라가지 말라는 거야. 자기 견해가 무엇인지 중심을 갖고 있어야지 다른 사람이 말할 때마다 중심이 흔들려서 이 사람이 말하면 이 사람 견해를 따라가고, 저 사람이 말하면 저 사람 견해를 따라가는 것은 자기 중심이 없기 때문에 토론 자체를 흐려 놓게 되는 거야.

자기 견해가 다른 경우에는 침묵하지 말고, 자기의 다른 견해를 말하도록 해. 서로의 입장은 다를 수 있기 때문에 다른 견해가 있을 수밖에 없단다. 다른 견해가 있는데도 맹목적으로 따르는 것은 올바른 토론 태도가 아니야. 꿈을 자기 것으로 만드는 데는 다른 견해도 존재하는 것을 다른 사람들도 받아들일 줄 알아야 하겠지.

그리고 나와 견해가 다르다거나 반대 의견을 말해야 할 때는 부드럽게 항의할 줄도 알아야 해. 거칠게 항의하기보다 더 어려운 것이 부드럽게 항의하는 기술이란다. 하지만 자기의 직업 분야에서 성공하려면 부드럽게 항의할 줄 알아야 한 걸음 앞으로 나아갈 수 있는 것이야.

부드럽게 항의하는 방법은 여러 가지가 있어.

첫째, 예의을 갖춰서 항의해야 한다.

둘째, 항의를 하더라도 인신 공격은 하지 마라. 그런 습관을 갖지 않도록 항상 주의를 기울일 필요가 있다.

셋째, 항의는 해야 할 때 할 줄 알아야 한다. 항의를 해야 할 때 항의하지 못하면 안 된다.

넷째, 항의를 제대로 하려면 감정을 철저히 배제하고 차가운 가슴으로 항의하라. 일에서, 인생에서 부드럽게 항의하는 것도 기술이다.

스포츠를 보다 보면 정당하게 항의하는 모습을 보곤 한다.

영국의 축구 선수인 웨인 루니는 경기 중에 심판 판정에 항의할 줄 아는 선수야. 항의 정신은 계속 유지하고 있어야 발전할 수 있단다. 물론 엄격한 자기 판단이 서야 하겠지.

서장훈 선수는 삼성 농구팀으로 활약하는 동안 "항의하는 것도 일종의 경기다."라고 했어. 농구 스타 서장훈이 하루아침에 된 것은 아니겠지. 그에게는 팬과 안티 팬이 존재하지만 그는 농구장에만 들어서면 철저하게 승부 정신을 발휘한단다. 서장훈 선수는 "매 경기를 결승전으로 생각하고 경기한다."고도 말했어.

여러분은 매일 하는 일들이나 공부가 결승전이라는 생각으로 해봐. 순간순간 승부를 해야 할 때가 있어. 결승전에서 경기하는 선수처럼 인생을 만들어 가야 해.

그렇게 하려면 웨인 루니처럼 순간 순간 심판에 항의할 필요도 있단다.

특히 불의를 보고 항의하지 않는 것은 자기에게 그 부당한 결과가 되돌아올 수 있다는 생각을 해야 해. 그래서 부당한 것이라고 생각하면 항의할 줄 아는 그런 품성도 길러야 하는 거야. 이런 노력을 하다보면 여러분의 꿈을 그 속에서 찾을 수도 있단다.

◆ 오래 엎드리는 자는 반드시 나는 것도 높다. _채근담

세상을 향해 네 꿈을 활짝 펼쳐라

경쟁자를 존중하라

우리 나라의 교육열이 세계 최고다. 그러다 보니 학교 안에서 친구끼리 경쟁이 지나쳐 서로 사이가 멀어지는 일이 생긴다.

오늘날 국가와 국가의 경쟁, 회사와 회사의 경쟁, 사람과 사람 사이의 경쟁은 우리가 피해갈 수 없는 것이야.

경쟁은 서로의 실력을 정정당당하게 겨루는 것을 말하는데, 결과에 따라 승패가 나뉘기 때문에 치열해지는 것이란다. 때로는 전쟁터라는 생각이 들기도 하단다.

경쟁이 가장 잘 나타나는 곳은 스포츠 세계야. 스포츠 정신을 보면 정정당당하게 겨뤄서 승패를 가르고, 패자는 승자에게 축하를 하고, 승자는 패자에게 격려를 해주는 거란다.

그런데 우리 사회에는 스포츠 정신을 살려서 경쟁하지 않는 사람들이 있단다.

오직 내가 이겨야 되고, 이기기 위해서 수단과 방법을 가리지 않고 경쟁자를 누르고 싶어해. 정당한 방법으로 이기면 되는데, 상대방보다 힘이 약하거나 하면 비겁한 방법으로 이기려고 한단다.

특히 우리 나라는 반도체 분야에서 세계의 선두를 달리고 있는데, 경쟁업체인 다른 나라에서 우리 나라 반도체 기업에서 일하고 있는 사람을 몰래 빼내기도 하고 정보까지 빼내오면 큰 돈을 준다고 유혹하기도 해.

몇몇 잘 못 생각하고 판단한 사람들이 이런 유혹에 넘어가 우리의 고유 기술을 넘겨주다가 발각되어 죄값을 치르기도 한단다.

만약 이렇게 해서 우리 기술이 외국으로 빠져나가면 우리는 경쟁력이 떨어지고 나중에는 국가 경제에 큰 어려움이 생기게 된단다.

개인의 욕심이 나라를 위험에 빠뜨릴 수도 있는 거야.

이런 일이 생기지 않으려면 어려서부터 학교에서나 가정에서 경쟁에 대해 올바른 교육을 받아야 되는 거야.

경쟁은 결코 나쁜 의미가 담겨 있지 않단다. 경쟁 자체는 서로의 실력을 한 단계 높이는 과정이기 때문에 잘 활용하면 돼.

경쟁은 서로의 실력을 정정당당하게 겨루는 것이기 때문에 서로 이기기 위해 실력을 키우게 되니까 경쟁은 서로에게 좋은

결과를 가져오게 돼.

그리고 경쟁을 할 때 잊지 말아야 할 것은 내가 이기는 것도 중요하지만 상대방도 이기고 싶어한다는 거야.

서로에 대해 존중하는 마음이 없고 내가 이겨야 할 대상으로만 본다면 결과야 누가 이기든 이긴 사람, 진 사람 모두 상처만 남게 된단다.

경쟁자는 같은 길을 가는 친구와 같애. 서로 비슷한 실력이 되기 때문에 경쟁을 하는 걸 거야. 실력이 하늘과 땅처럼 차이가 난다면 경쟁의 의미도 없겠지.

서로 비슷한 실력을 갖고 있는 사람이 경쟁을 하다 보면 어느 때는 내가 이기기도 하지만 어느 때는 상대방이 이기기도 하는 거야.

영원한 일등도 없고, 영원한 꼴등도 없는 게 바로 우리가 사는 세상이란다.

그러므로 경쟁자를 대할 때 나를 거울에 비춰본다고 생각해야 해. 경쟁자를 무시하면 상대방도 나를 무시할 것이고, 경쟁자를 존중하면 상대방도 나를 존중할 거야.

이제 여러분은 치열한 경쟁 속에 뛰어들 거야. 반드시 누군가를 이겨내야 내가 살 수 있다고 생각하면 경쟁자를 만나는 것이 두렵거나 아니면 적을 대하듯 할 거야. 하지만 지금은 경쟁을 하지만 항상 같은 길을 가는 친구니까 서로의 어려움도 알

고 기쁨도 알아주겠구나 생각하면 경쟁자는 적이 아니라 서로
아껴주고 정정당당하게 실력을 겨루는 친구라는 사실을 알아
야 해.

세상을 향해 네 꿈을 활짝 펼쳐라

한 걸음 뒤로 물러서라

앤드루 로이드 웨버는 영국 출신으로 뮤지컬 역사상 가장 위대한 작곡가라고 평가받고 있다. 뮤지컬을 모르더라도 그의 음악을 들어봤을 만한 작품들이 많다. '오페라의 유령', '지저스 크라이스트 수퍼스타', '캣츠', '에비타' 등의 작품이 있고, 대부분 흥행을 거두었다.

로이드 웨버가 뮤지컬이 발전하는데 기여한 몇 가지를 살펴보자.

첫째는 장르에 구애받지 않고 모든 음악 형태를 절충하여 뮤지컬의 음악을 다양화시켰고, 둘째는 극적인 음악을 만드는데 최선을 다했다는 것이다.

이렇게 해서 '록 뮤지컬'이 태어났고, 그의 작품이 극적인 재미를 갖는 데 결정적인 역할을 하였단다.

"보이지 않는 소리(음악)는 뮤지컬의 음악으로 적합하지 않다."라는 그의 말처럼 곧 그는 뮤지컬 발전에 큰 힘을 쏟았어. 예술성이 빠져버린 작품은 관객이 외면하고 관객이 외면하는 작품은 결코 장기 공연을 할 수 없다는 아주 평범한 진실을 생각할 때, 그의 작품을 찾는 고객이 끊이지 않는 브로드웨이에서 이루어지는 로이드 웨버의 작업은 뮤지컬을 더욱 풍요롭게 하고 있으며 현대인에게는 더욱 사랑받는 공연예술로 만들고 있는 거란다.

로이드 웨버가 음악을 만날 때 전통적인 음악을 표현하는 것에서 벗어나지 못했다면 뮤지컬에서 그만큼 성공을 거두기는 힘들었을 거야.

로이드 웨버가 우리에게 보여준 창의력은 한 걸음 떨어져서 생각할 때 창의력이 발휘되는 거야.

창의력이라는 것은 새로운 것을 생각해 내는 힘을 말하는데, 새로운 것이라고 해도 '무(無)에서 유(有)'를 찾아내기는 어려운 거야.

로이드 웨버가 보여준 창의력은 기존의 음악가들이 장르에 얽매여 있는 사실을 알고 자기는 장르에서 벗어나기로 한 거야. 이런 파격적인 행동은 그에게 음악을 다시 볼 수 있는 힘을 갖게 하였고, 한 걸음 떨어져서 모든 음악을 들었을 때 새로운 형태의 음악을 만들어낼 수 있다는 자신감이 생긴 거야.

이렇게 창의력은 아무것도 없는 곳에서 뭔가를 만들어내는 것이 아니라 이미 존재하고 있는 것은 다른 방법으로 다시 보고 다른 각도에서 다시 점검하고 한 걸음 떨어져서 새로운 시

세상을 향해 네 꿈을 활짝 펼쳐라

각으로 접근하면 지금까지 보지 못하고 듣지 못했던 새로운 방법이 보이고 들리게 된단다.

이런 창의력 키우기는 십대 때 꼭 필요한 작업이야.

여러분은 미술 시간에 교실 앞에 탁자 위에 꽃병을 올려 놓고 그림을 그려본 적이 있을 거야.

프랑스에서는 미술 시간에 교실 앞에 탁자 위에 아무것도 놓지 않는단다. 다만 음악을 틀어주지. 그리고 음악을 듣고 머리 속에 떠오르는 것을 그리게 하는 거야.

눈으로 보는 것도 중요하지만 눈으로 보지 않고도 머리 속으로 볼 수 있는 것은 바로 창의력을 키우는 한 방법이 된단다.

여러분도 틀에 얽매이지 말고 자유롭게 창의력을 키워나갈 수 있겠지.

◆ 인간의 행실은 각자가 자기의 이미지를 보여주는 거울이다. _J.W.괴테

매시간 지식 섭취를 하자

회사가 요구하여 경영실태를 조사하고 문제점을 알아내어 구체적으로 치료할 수 있는 방법을 알려주는 일을 전문으로 하는 사람을 경영컨설턴트라고 한다.

경영컨설턴트라는 직업은 세계적으로 유명한 직업 중 하나란다. 공부를 많이 해야 하는 직업이야. '지식 상인이 바로 컨설턴트'라는 말이 존재할 정도로 이 직업은 다양한 지식을 필요로 해.

예를 들어 한 회사의 전체에 대해서 파악을 해야 그 회사가 왜 일의 능률이 떨어지고 있는지, 왜 생산량이 감소하는지에 대한 원인을 찾아내고 문제점에 대한 해결책을 알려줄 수 있는 거야.

이 직업에서 성공하려면 사법고시처럼 국가에서 보는 시험인 공인회계사(CPA)를 따놓아야겠지. 공인회계사는 경영학을

세상을 향해 네 꿈을 활짝 펼쳐라

공부하는 사람들에게는 꽃이라고 할 정도로 자격증을 따기가 어렵지만 필요한 거란다.

이런 전문적인 직업인으로 살아가려면 끊임없이 변화하는 시대에 적응할 정도로 지식을 내 것으로 만들어야 돼. 학교에서 1등만 했으니까 그 정도면 되겠지라는 생각은 하지 마. 여러분이 학교에서 배우는 것은 이 사회에 나오기 위한 기본을 탄탄히 만들어주는 거야. 학교에서 공부하는 동안 사회에 나가기 전에 어떤 길로 가야 할지 그 길을 알아내면 되는 거란다.

이렇게 기초를 탄탄히 하고 사회에 나오면 그때부터 전문인으로서 더 많은 지식을 배우고 공부해야 하는 거야.

물론 학교에서 배우는 것으로도 훌륭한 직업인이 될 수는 있어. 그러나 한 단계 직업을 선택한 후 승진을 하기위해서는 더 많은 공부를 해야겠지.

그래서 어른들은 '사람은 죽는 그 순간까지 배우는구나' 라는 말씀을 하셨단다.

여러분이 어떤 길을 가든 그 분야에서 필요한 지식이 있단다. 그때는 매시간 지식 섭취를 하면 되는 거야. 새로운 지식이 나오면 내 것으로 만들어 여러분의 실력을 한 단계 더 올려주는 거야.

이렇게 새로운 지식에 대한 섭취를 꾸준히 해주어야 여러분은 자기가 일하고 있는 분야에서 전문가의 길을 걸을 수 있는 거야.

그런데 우리 나라 사람들은 '빨리빨리 문화'만큼 '일등'을 해야 한다는 생각에 빠져 있단다. 무슨 일을 하든 그 분야에서 어느 정도 위치에 있는지 궁금해 하고 최고라고 하면 모든 것을 인정해 주는 풍토가 있단다.

그러나 이 세상에는 최고라는 것은 없단다. 지금의 최고라는 것은 언젠가는 누군가가 지금의 나보다 더 나은 실력을 갖게 된다면 최고는 다른 사람에게 돌아가는 거야. 일등이라든가 최고가 되어야 한다는 생각에 사로잡혀서 즐겁게, 행복하게 일할 수 있는 것을 빼앗기지 않아야 돼.

세상의 행복은 공부를 잘해서 돈을 많이 버는 사람들보다 일등은 아니지만 사람들과 함께하면서 그 안에서 행복을 느끼는 경우가 대부분이야.

세상을 향해 네 꿈을 활짝 펼쳐라

항상 당당하라

삼국사기에 보면 졸본부여의 연타발의 딸인 소서노는 여장부의
기질을 가지고 있어서 추모왕(주몽)이 고구려를 세우는 데 큰 도
움을 주었다. 나중에 버림받고 자신의 아들인 비류와 온조와 함
께 한강 쪽으로 남하하여 온조가 백제를 세우도록 한 소서노는
당당함으로 역사를 이끈 여장부이다.

고구려 역사 드라마인 '주몽'에 연타발의 딸로서 상단을 이
끌고 당당한 여장부의 모습을 보여주고 있는 소서노에 대한 역
사적인 기록은 조금씩 차이가 있어.

삼국사기와 달리 이런 기록도 있단다.

소서노는 북부여왕 해부루의 서자의 아들인 우태의 부인이
었는데, 우태와 함께 있을 때 낳은 두 아들이 온조와 비류라는
거야. 소서노는 남편 우태가 죽고 나서 주몽을 만나게 되지.

스물한 살의 청년이며 북부여에 부인인 예씨를 두고 망명하
다시피 쫓겨온 고주몽과 시조부인 해부루에게서 이어받은 왕
통으로 졸본 부여의 통치권을 이어받은 스물아홉 살의 과부인

소서노는 혼인이라는 서약을 통해 서로의 약점을 보완해나가며 새로운 세력을 만들기 시작한 거야.

고주몽과 소서노의 결합은 그대로 졸본 부여에 신흥국가인 고구려를 건국하게 돼.

소서노는 자신이 가진 권력과 재산을 아낌없이 투자하여 주몽을 고구려의 건국시조로 만들어 준 거지.

그러나 고주몽이 북부여에 남겨두고 왔던 아들 유리가 찾아오자 그를 태자로 삼아 버렸어. 그러나 소서노는 실망하지 않고 두 아들을 데리고 고구려를 떠나게 돼.

한강 위례성에 새로운 터를 잡고 성을 쌓아 나라 이름을 십제라고 하였지. 장남인 비류는 어머니 소서노의 말을 듣지 않고 미추홀로 가서 나라를 세워버렸기 때문에 온조가 십제의 왕이 되었단다. 이 십제가 나중에 백제가 된 거야.

고구려와 백제 두 나라를 세우는데 지대한 공헌을 한 우리 나라 최초의 여걸이라고도 할 수 있는 소서노.

2000여 년 전에 이렇게 파란만장한 인생을 살면서도 항상 당당하게 일을 처리해간 소서노를 보면서 오늘을 사는 우리는 과연 어떤가 다시 돌아보게 된단다.

항상 당당한 자세를 취하려면 긍정적인 생각을 해야 해. 부정적인 생각을 하면서 당당해질 수는 없단다. 그것은 자기 자신을

거짓으로 위장하게 되니까 오래 지나지 않아 실망만 하게 되는 거야.

여러분들 중에 길을 걸으면서 어깨를 움츠리고 걷는 사람이 있다면 자세부터 교정하도록 해.

어깨를 활짝 펴고 고개를 약간 치켜들고 걷는 거야. 어깨를 움츠리게 되면 사람이 당당해 보이지 않고 작아보여. 그리고 왠지 위축되어 자신감이 없어 보인단다.

자신감을 갖고 배꼽에 힘을 잔뜩 주고 걸어봐. 이렇게 겉모습부터라도 자신감을 갖고 당당하게 움직이다 보면 생각도 긍정적인 생각이 떠오르고 조금 어렵다고 생각했던 것도 할 수 있다는 생각을 갖게 된단다.

결과를 미리 예측하고 실망부터 하거나 아예 시작조차 하지 않는 사람도 있어. 결과를 미리 예측해 보는 것은 아주 좋은 자세야. 결과를 추정할 수 있다면 지금 무엇을 어떻게 해야 할지 계획을 세울 수 있거든.

그런데 결과가 부정적으로 나왔다고 시도도 하지 않고 포기해버리면 노력조차 하지 않겠다는 것이지.

이런 부정적인 자세는 성공적인 삶을 이루어나가는 데 방해가 된단다.

결과에 연연해 하지 말고 당당하게 맞서는 사람이 되자.

어느 시대든 어떤 상황이든 당당하게 살 수 있는 것은 해낼 수 있다는 의지와 부딪혀 보자는 용기가 있기 때문이란다.

  십대 때부터 습관처럼 당당해지는 연습을 하면 어른이 되어
힘든 일을 만나도 당당하게 헤쳐나갈 수 있게 된단다.

◆ 진정한 행복을 만드는 것은 수많은 친구가 아니며, 훌륭히 선택된 친
  구들이다. _벤 죤슨

사랑의 힘은
사랑을 불러오는 마법

헬렌 켈러는 출생과 더불어 큰 병을 앓아 9개월 만에 시력을 잃었다. 동시에 귀가 멀고 입으로 말할 수 없는 벙어리가 되어 삼중고(三重苦)를 겪게 되었다. 그러나 그녀는 앤 설리반을 만나 인생이 달라졌다. 헬렌 켈러가 앤 설리반에게 '물'이란 단어를 배우는 데 7년이란 세월이 걸렸다.

보스턴의 한 정신병원에 불쌍한 소녀가 수용되어 있었다. 소녀는 갑자기 사람들을 공격하는 정서불안 증세를 보였어. 의사는 소녀에게 '회복 불가능'이란 판결을 내렸단다.

'작은 애니'로 불린 이 소녀에게 가까이 하려는 사람이 없었어. 아무도 사랑을 주려고 하지 않았단다. 심지어 부모와도 연락이 완전히 끊겨 있었지.

그런데 이 병원에 한 나이든 간호사가 있었단다. 이 간호사는 매일 과자를 들고 애니를 찾아와 위로해 주었어.

"애니야, 나는 너를 정말 사랑해."

간호사는 아무 반응이 없는 그녀를 위해 6개월 동안 한결같이 사랑을 쏟아부었어.

그때부터 애니의 마음이 조금씩 열리고 밝은 웃음을 되찾게 되었단다. 그후 애니는 건강도 회복하고 정상적인 상태로 돌아왔지.

바로 이 소녀가 앤 셜리반이야.

어느날 셜리반은 신문기사를 읽게 되었어.

'보지도 못하고, 듣지도 못하고, 말하지도 못하는 삼중고에 시달리는 헬렌 켈러라는 어린이를 돌볼 사람을 구합니다'

셜리반은 나이 든 간호사가 자신에게 베푼 사랑을 그대로 이 어린아이에게 쏟아붓기로 했어. 그후 애 셜리반은 헬렌 켈러의 평생의 스승이 되었던 거야.

셜리반은 헬렌 켈러를 48년 동안 가르쳐준 개인 교사였어. 그녀는 가난한 집에서 태어나 아기 때 어머니가 죽고, 알코올 중독자인 아버지에게 버림받았으며, 하나뿐인 동생도 병으로 죽었단다.

그러자 안질이 악화하여 앞이 안 보이게 되었어. 두 번이나 세상을 떠나려고 했지만 뜻을 이루지 못했단다. 그때 그녀를 새롭게 태어나게 해준 훌륭한 지도자를 만났어. 바로 바아바라 목

사였지.

셜리반은 보스톤 파킨스 맹학교에 들어가 6년 동안 열심히 노력하여 최우등생으로 졸업하고 한 신문사의 도움으로 개안 수술을 하여 성공하였단다.

셜리반은 3중고를 겪고 있는 동물 같은 소녀 헬렌 켈러의 가정교사를 구한다는 소식을 듣고 가정교사로 들어가 그로부터 48년 동안, 헬렌 켈러에게 지혜의 길을 열어주어 고통받는 인류에게 소망의 등불이 되게 하였던 것이야.

헬렌 켈러와 생활하면서 앤 셜리반이 좌절에 빠진 적이 있었어. 헬렌 켈러한테 아무것도 해줄 수 없고 헬렌 켈러를 인간다운 인간으로 이끌어낼 수 없다는 사실 때문에 포기하고 싶을 때가 한두 번이 아니었단다.

그러나 그 순간을 극복하고 사랑으로 헬렌 켈러를 가르칠 수 있도록 도와준 사람이 있었단다.

앤 셜리반이 고아원에서 시력을 잃을 뻔했을 때 사랑으로 그녀를 도와준 메기라는 친구였어. 매기의 사랑을 통해 앤 셜리반은 세상에 대한 원망이 사라지고 세상을 따뜻한 눈으로 바라보기 시작했단다.

너무나 힘들 때 앤 셜리반에게 사랑의 힘을 보여준 사람들 덕분에 앤 셜리반은 절망 덩어리인 헬렌 켈러를 희망의 등불로 변화시킬 수 있었던 거야.

이렇게 사랑은 마법과 같아서 엄청난 전파력을 가지고 있어.

여러분도 이런 사랑의 힘을 느끼고 전해주길 바랄게.

◆ 돈을 버는 데 그릇된 방법을 썼다면 그만큼 그 마음 속에는 상처가 나 있을 것이다. _빌리 그레엄

세상을 향해 네 꿈을 활짝 펼쳐라

인색하지 마라

IMF라는 외환위기가 닥친 후 기업인들의 윤리의식과 상도덕이
필요할 때 책으로도 나오고 드라마로 방영되기도 했던 '상도' 는
조선시대 거상인 임상옥을 통해 진정한 상인 정신과 부의 가치를
다시 생각하게 한다.

상도에 나오는 석성 스님과 임상옥의 대화를 들어보자.

"이 주먹 속에는 뭐가 있느냐?"

석성 스님이 임상옥에게 물었어.

임상옥은 이 질문을 통해 큰 깨달음을 얻게 되었어.

'돈을 벌어 사람 살리는데 써야겠다.'

상인의 꿈을 키운 상옥에게는 석성스님이 가르쳐 준 바가 컸
단다. 소설 속의 석성 스님은 '주먹 속에 뭐가 있느냐' 라는 질
문을 통해서 그는 '인간은 자유 의지를 지닌 존재' 라는 사실을
확인해 주었던 거야.

바로 이런 석성 스님의 자유 의지를 알고 임상옥은 큰 상인의

꿈을 이룬 후에 돈의 굴레에 빠져 있지 않고 사람 살리는 데, 가치있는 곳에 쓰기로 마음먹는 것이야.

마침내 그가 번 돈으로 사람들을 돕기 시작했어. 임상옥은 상인의 꿈을 이룬 후에 가치 있는 데 자기 힘을 집중하였지.

여러분도 커서 부자가 되고 싶을 거야. 그러나 돈을 많이 버는 것이 꿈이라면 좀더 깊이 생각해 보았으면 해. 물론 재벌이 꿈일 수는 있어. 하지만 오직 돈 하나만 쫓아간다면 아무리 많은 돈을 모으더라도 그 후에 밀려오는 슬픔과 공허함은 무엇으로도 달래주지 못한단다.

여러분도 임상옥처럼 큰 돈을 번 후 남을 돕는 등의 이 사회를 위해 쓰는 방향으로 자기 재물을 활용하는 거야.

한 연구센터에서 부자들의 생활 방식과 문답을 통해서 어떻게 돈을 많이 벌 수 있는지 알아봤어.

은행 이자로 큰 돈을 벌 수 없다는 것은 모두들 잘 알고 있을 거야. 우리 나라의 경우 땅을 이용해 재테크를 하여 뭇돈을 버는 사람들이 많단다. 그러나 부자들의 경우는 땅을 이용해 재테크를 한 사람은 아주 소수에 불과해.

그들이 돈을 번 가장 큰 이유는 바로 '일'이었어.

열심히 일해서 번 돈보다 더 많이 버는 방법은 없다는 결론을 얻었단다.

일을 하면 연봉이든, 월급이든, 주급이든 차곡차곡 받게 되어 있어. 이런 돈이 어느 정도 쌓인 후에 재테크도 가능하고 땅 투기도 가능하단다.

돈의 액수가 적고 많고의 문제가 아니라 정기적으로 돈을 벌 수 있는 것은 일을 해야만 가능하다는 거야.

돈은 버는 것보다 쓰는 것이 더 중요해.

아무리 많은 돈을 벌어도 밑 빠진 독에 물 붓기 식으로 생활하면 아무리 재벌이라고 해도 몇 년 지나면 무일푼이 되고 만단다.

자기도 모르는 새에 돈이 새어나가는 곳은 없는지 잘 살피는 것도 재테크의 한 방법이란다.

집집마다 서랍 속이나 옷장 깊숙한 곳에 꼬깃꼬깃 돈이 들어 있기도 하고 돼지 저금통에 돈을 넣기만 했지 은행에 가서 저금하는 것은 드물단다.

이제 상도의 임상옥이, 상인이라면 제대로 대접받지 못한 조선시대를 살면서 사회를 위해 돈을 낸다는 사실에 고개가 숙여진다.

아이디어 주머니를 만들라

우리 나라에서 최고의 아이디어맨을 찾는다면 세종대왕일 것이다. 세종대왕은 백성들을 위해 한글을 만드는데 앞장섰고, 당시 학자들의 반대를 끝까지 물리치고 훈민정음을 만드는 데 큰 역할을 하였다.

우리 나라 훈민정음은 그 말을 쓰고 있는 우리보다 유네스코라든가 세계 학계가 훨씬 더 인정하고 있다.

훈민정음은 만들 당시 세종대왕은 백성들이 어려운 한자를 몰라 자신의 뜻이 제대로 전달되지 않는 것을 보고 고민에 빠졌단다.

'어떻게 하면 백성들이 좀더 쉽게 나의 뜻을 알 수 있을까.'

'백성들이 나의 뜻이 써 있는 방을 읽지 못하니 애석하도다. 좋은 아이디어가 없을까.'

항상 백성들의 삶을 돌아보고 고민하던 세종대왕은 백성들이 좀더 쉽게 말을 쓸 수 있는 방법을 찾았어.

"아! 그래 좋은 아이디어가 있어. 새로운 말을 만드는 거야. 나의 뜻을 제대로 알 수 있도록 백성들이 쉽게 배울 수 있는 말을 만들자."

세종대왕은 집현전 학자들을 불렀어.

"이제 새로운 말을 만들어 보시오. 백성들이 쉽게 배울 수 있는 말을 만들도록 하시오."

그러나 신하들은 중국의 말을 그대로 쓰면 편할 텐데 뭐하러 힘들게 말을 만드냐며 반대를 했단다.

그러나 세종대왕은 자신의 뜻을 굽히지 않고 세자와 공주에게도 말을 만들어 보라고 시키는 등 신하들에게 백성들이 배우기 쉬운 말을 만들라고 했단다.

처음 아이디어를 낸 세종대왕은 자신의 뜻을 굽히지 않고 도전정신으로 계속 신하들에게 좋은 아이디어를 만들어 내라고 한 결과 '한글'이라는 아주 쉽고 과학적인 말이 만들어진 거야.

한 사람의 아이디어가 한 나라의 모든 사람들이 사용하는 말을 만들어냈으니 세종대왕이야말로 우리 나라 최고의 아이디어맨이라고 할 수 있겠지.

아이디어는 어느날 갑자기 반짝 하면서 머리를 스치듯 떠오르는 생각이지만 그러기 위해서는 평소에 계속 아이디어를 짜내기 위해 준비 작업을 하고 있어야 돼.

책을 많이 읽고 항상 메모할 준비를 하고, 생각의 순서를 바꿔보는 훈련 등을 통해 아이디어가 언제 나올지 모르는 상황을 대비해야 돼.

그리고 평소에 아이디어가 생각날 때마다 아이디어 주머니를 만들어 그곳에 저장해 놓는 거야.

그리고 정말 필요할 때 저장해 놓은 아이디어 중에서 필요한 것을 골라 사용하는 거지.

요즘은 보이지 않는 아이디어의 전쟁터야. 이 치열한 전쟁터에서 살아남아 최고가 되기 위해서는 아이디어 주머니를 차고 다녀야만 해. 최고를 향한 아이디어의 개발은 끊임없이 계속되어야 한단다.

아이디어를 개발하고, 모으고, 창조하는 거야.

그러면 여러분은 자기 분야에서 전문가의 위치에 더 빨리 다가갈 수 있게 되는 거야.

아이디어를 모으는 일을 창의적으로 하는 사람은 언젠가는 바로 인정받는 시기가 오게 되어 있어. 아이디어를 모으면서 생각할 것은 항상 자기는 경쟁에 노출 되어 있다는 점이지. 이것을 매일 매시간 생각해야 한단다.

스티븐 스필버그는 아이디어를 모으기로 유명한 사람이야. 아이디어를 모으는 덕분에 그는 세상에서 가장 흥행을 많이 한

작품을 만든 영화감독이 될 수 있었던 거야.

　사람마다 목표나 꿈은 다르겠지만 그것을 이루어가는 길은 모두에게 비슷해. 어떤 분야든 아이디어를 열정적으로 모은 사람이 자기가 이루려고 하는 꿈과 목표에 빨리 도달할 수 있는 거야.

　어린 시절부터 아이디어를 모아 아이디어 주머니가 많은 사람은 앞으로 어떤 분야에서 일을 하더라도 그 습관이 남아 있기 때문에 아이디어를 금방 찾아낼 거야.

　무엇이든 시도하지 않으면 얻을 것이 없단다. 그런데 뭔가를 시도하려면 아이디어가 힘이 돼.

　이제 여러분의 아이디어 주머니에 많은 아이디어를 채우도록 하는 거야.

◆ 습관이란 인간으로 하여금 어떤 일이든지 하게 만든다.

　_도스토예프스키

장벽을 깨라

오프라 윈프리는 십수 년 동안 낮 시간대 TV토크쇼 1위를 고수
하고 있는 '오프라 윈프리 쇼'의 진행자이다. 흑인으로 태어나 인
종차별이라는 장벽을 깨고 미국인들이 가장 좋아하는 TV 방송인
으로 꼽혔다.

    오프라 윈프리는 불우한 어린시절을 보냈지만 지금은 미국
내 고정 시청자만 2200만 명에 세계 105개국에서 방영되는 토
크쇼의 여왕이로 자리 잡고 있단다. 게다가 잡지, 케이블TV, 인
터넷까지 거느린 하포(Harpo, Oprah를 거꾸로 한 것)주식회사
의 회장이 되었어.

    오프라 윈프리는 흑인 최초로 보그 지 패션모델이 되어 많은
사람들의 부러움을 사기도 했는데, 그녀의 집념은 1991년 달
리기를 통해 107kg이던 몸무게를 2년 만에 68kg으로 줄인 것
을 보더라도 잘 알 수 있겠지.

    오프라 윈프리의 성공이야기는 '인생의 성공 여부가 온전히

개인에게 달려 있다'는 '오프라이즘'이라는 새로운 문화를 만들어내기도 했어. 2003년 초 해리스 여론 조사에서 1998년과 2000년에 이어 미국사람들이 가장 좋아하는 TV 방송인으로 꼽혔으며, 흑인 여성으로서는 처음으로 경제 전문지 포브스로부터 재산 10억 달러 이상의 부자 중 한 사람으로 뽑혔단다.

오프라 윈프리가 개인적인 성공을 거두었다고 해서 사람들이 좋아하는 것은 아니야.

그녀의 성공 뒤에는 어린 시절 그녀가 겪어야 했던 고통과 인종차별이라는 장벽을 뛰어넘은 강인한 정신이 있기 때문이란다.

그러면 어떻게 이런 장벽들을 뛰어넘을 수 있었을까.

어린 시절 어려움을 겪으면서 흑인이라는 이유로 친할머니에게 매를 맞기도 했어. 그때마다 그녀가 위로를 찾고 희망의 끈을 놓지 않은 것은 바로 '책'이 있었기 때문이야.

외로울 때나 힘들 때나 책으로 모든 고통을 견뎌낸 거지.

많은 양의 책을 읽으면서 그녀에게는 새로운 능력이 생겼어. 바로 언어 능력이란다.

이것은 오프라 윈프리가 방송계에서 성공할 수 있는 뿌리가 된 거지. 그녀는 책에 대한 관찰력이 매우 뛰어나 여러 가지 에피소드를 만들어냈단다.

토크쇼에 초대된 손님과 이야기를 나누다 책에 대한 이야기만 나오면 반짝반짝 빛나는 모습을 볼 수가 있어. 특히 오프라 윈프리가 한 마디 해주면 그 책은 베스트셀러가 될 만큼 많이 팔리기도 했지.

이렇게 오프라 윈프리에게 배울 가장 큰 덕목은 독서야.

여러분도 앞으로 많은 장애물을 만나게 될 거야. 모든 사람에게 탄탄대로만 있는 것은 아니거든.

다행히 장애물을 만나지 않으면 좋겠지만 크던 작던 장애물은 있기 마련이야. 장애물을 만났을 때 힘들이지 않고 쉽게 넘어갈 수 있는 힘이 우리에게 있으면 걱정 없겠지. 그것은 평소에 자신감 있게 훈련을 해야 되고, 장애물이라고 생각되는 것들을 만나도 아무렇지 않고 극복할 수 있게 힘을 키우면 되는 거야.

그런 힘들은 책을 읽고서 다른 사람들의 경우를 보면서 훈련될 수도 있고, 많은 사람들과 대화를 나누면서 나에게 없는 장점들을 내 것으로 만들면서 힘을 키워나갈 수 있단다.

여러분이 살면서 느껴지는 장벽은 눈에 보이지 않는 것들이 많을 거야.

그것은 사람과 사람 사이에 있는 것이지. 차라리 눈에 보이는 장벽이라면 열심히 기어 올라가든 부숴버리든 하면 될 텐데, 눈에 보이지 않는 장벽을 없애버리는 것이 쉽지가 않단다.

세상을 향해 네 꿈을 활짝 펼쳐라

지금도 학교에서나 모임에서 많은 장벽들이 생기고 없어지기도 해.

사람과 사람 사이에 놓인 장벽은 서로의 마음이 통하고 진심이 통한다면 눈 녹듯이 녹아버릴 수 있단다.

우리 주변에 우리가 장벽을 세우고 있는 것은 아닌지 한 번쯤 살펴보자. 나만의 벽을 쌓고 다른 사람을 받아들이지 못하고 있는 것은 아닌지, 나의 말 한 마디로 친구 사이에 벽을 만들고 있는 것은 아닌지 생각해 보는 시간을 갖자.

혹시 그런 일이 있다면 이제부터라도 우리는 용기 있게 벽을 허물어 버리는 거야. 이런 작은 실천이 여러분을 장벽이 없는 사회에서 살 수 있도록 만든다는 것을 잊지 말자.

◆ 성공하는 사람들에게는 행동이 존재한다. _ 콘레드 힐튼

사투리를 전문화하자

퓨전 코미디 영화 중 '황산벌'이 있었다. 삼국 시대의 백제가 멸
망하기 전 신라와의 황산벌 전투를 퓨전 코미디로 만들어 인기를
끌었던 영화. 정통 영화가 아닌 퓨전 코미디로 많은 사람들에
게 사랑을 받았던 '황산벌'이 인기를 끈 이유는 어디에 있을까.

영화 '황산벌' 하면 '거시기'라는 사투리를 떠올리게 돼.

영화가 시작되어 끝날 때까지 끊임없이 나오는 질펀한 사투
리의 잔치와 원시적이고 원초적인 몸싸움은 코미디의 원조를
보는 것 같아. 백제군은 전라도와 충청도 사투리를 쓰고, 신라
군은 경상도 사투리를 사용하여 처음부터 끝까지 관객들을 배
꼽 잡게 하지. 더구나 왕이나 장군들이 백성들과 마찬가지로 사
투리를 사용할 때면 웃음바다가 되곤 해.

교과서에서 나라를 위해 목숨을 바친 신라와 백제를 대표하
는 두 장군 김유신과 계백이 만난다면 과연 어떻게 대화할까.

지금까지 역사드라마에서나 정통 영화에서 두 장군의 대화

세상을 향해 네 꿈을 활짝 펼쳐라

는 표준어인 서울말을 사용해 왔어. 근엄한 모습을 마음껏 느낄 수 있었지. 구수한 사투리를 쓰는 두 장군의 모습은 감히 상상도 할 수 없었단다.

그런데 실제로 두 사람은 서울에서 살던 사람들이 아니라 경상도와 전라도, 충청도에서 살았거든.

영화감독은 바로 여기에 초점을 맞춘 거야. '황산벌'은 덕분에 많은 사람들에게 사투리가 사람들에게 친근하고 마음 편하게 하는 고향과 같다는 것을 마음껏 느끼게 해주었어.

요즘 방송에서 '사투리' 사용하는 것이 하나의 유행처럼 번지고 있단다.

표준어를 사용해야 한다는 생각에 사투리를 쓰면 왠지 촌스러워 보이고 세련되지 않다고 생각했던 거야. 하지만 개성이 강조되고 있는 지금은 편하게 사투리를 쓰고 사람들에게 더 강한 인상을 주게 된 거란다.

전통적인 것이 바로 세계적인 거야. 외국 것이 좋다고 우리 나라 것을 외면하고 외국 것만 따라간다면 우리가 설 자리는 점점 좁아진단다.

우리 고유의 전통적인 것을 잘 살려 개성있고 독특한 문화와 상품이 만들어졌을 때 세계는 우리에게 관심을 갖고 우리 나라를 찾게 되는 거야.

우리 나라 드라마, 영화, 가수들이 중국, 일본, 아시아에서 큰 인기를 모으고 있는 것은 바로 우리 전통과 한국적인 정서가 잘 담겨 있기 때문이기도 해.

'대장금' 이라는 드라마가 중국이나 아시아인들에게 감동을 넘어 하나의 문화병에 걸릴 정도로 인기를 끌고 있는 것을 보면 우리 나라 문화가 다른 나라보다 더 좋다거나 나아서 그런 것은 아니란다.

아시아인들이 자기네 나라에서 보지 못하고 느끼지 못한 한국의 전통과 문화가 드라마 속에 잘 담겨 있기 때문이지.

여러분도 다른 사람이 가지고 있지 않은 나만의 장기가 있다면 숨기려고 하지 말고 잘 살려서 나만이 할 수 있는 개성으로 만들어 보는 거야.

자연스럽게 드러나는 사투리 한 마디가 사람들 마음을 뒤흔드는 것처럼.

세상을 향해 네 꿈을 활짝 펼쳐라

협상력을 단련하라

뉴욕의 빈민가 출신이기도 한 하워드 슐츠는 커피 산업에서 신화적 기업을 탄생시켰다. 바로 스타벅스. 하워드는 단 1개의 소매점에서 출발해 커피 산업의 쟁쟁한 경쟁자들을 물리치고 오늘날 전세계 2,000여 소매점을 거느린 세계 최고의 커피 브랜드로 성장하였다.

세상을 살다 보면 협상해야 할 때가 많다. 인간은 협상을 통해서 세상을 향해 나아간다고 할 수 있어. 협상을 할 때 원칙을 지키는 기술을 알아둘 필요가 있단다. 사람은 혼자 사는 동물이 아니라 사람과 사람이 서로 관계를 맺고 살 수밖에 없기 때문이야.

사람을 왜 인간이라고 했을까.

사람은 한자로 '人'이니까 그냥 '인'이라고 하면 될텐데, 왜 '인간'이라고 했을까.

인간을 한자로 표기하면 '人間'이라고 쓴단다. 사람 '인(人)' 자와 사이 '간(間)'이 합쳐진 글자야. 그런데 '간'의 또 다른 뜻에는 섞인다는 의미도 있어. 사람은 혼자 독불장군처럼 살 수 있는 것이 아니라 사람과 사람 사이에 함께 섞여 있어야 비로소 사람으로서 살아간다는 뜻이겠지.

이렇게 사람들과 함께 뒤섞여 살다 보면 내 뜻대로만 이루어지지 않고 서로 다른 의견을 가진 사람들을 만나게 돼. 그러면 내 뜻을 관철시키든 상대방 뜻을 받아들이든 대화를 하면서 결론을 맺어야 하는데, 이때 내 의견을 상대방이 받아들이도록 하려면 설득을 하든가 협상을 해야 한단다.

하워드 슐츠는 십대 때부터 협상의 기술을 익혀 성공한 비즈니스맨이야.

그는 스타벅스라는 기업의 마케팅 리더가 된 후 이 소매점을 글로벌 회사로 키우는 데 성공했지.

하워드는 협상력을 통해서 자기의 꿈을 이루었는데, 협상을 할 때 가장 중요한 가치로 생각한 것은 '인간의 행복'이란다. 그래서 1980년대 미국이 불황이던 시기에 그는 파트타임 직원들에게도 종합의료보험을 들게 해주었어. 그런 과정 속에서 그는 성공한 것이야.

하워드의 성공 비결 몇 가지만 살펴보자.

첫째, 고정 관념에서 벗어나 커피 산업을 새로운 눈으로 보기 시작했다. 커피를 마시는 사람에게 초점을 둔 거지. 그래서 이

국적 분위기, 친절한 서비스, 재즈 음악 등 아름다운 만남의 장을 제공하는 문화 사업으로 키워나간 거란다.

둘째, 제품과 서비스의 품질에 혹독하리만큼 철저했다. 점포가 2,000개가 넘는 대기업으로 성장했지만 원료를 구매하는 단계부터 배송, 판매에 이르기까지 전 과정을 직접 관리함으로써 고객들의 만족도를 높이고 강력한 브랜드 이미지를 쌓아나간 거야.

셋째, 스타벅스의 생명은 바로 종업원들과의 신뢰 관계라고 주장한다. 고객과 직접 만나는 종업원들이 열정을 갖고 주어진 일에 헌신하지 않는다면 고객들에게 회사의 가치를 제대로 전달할 수 없다고 판단했던 거야.

세상에는 협상력이 필요한 경우가 많단다. 협상할 수 있는 힘도 금방 생기는 것이 아니라 어린 시절부터 차근차근 습관으로 만들고 훈련을 하면 된단다.

협상력은 상대방의 의견을 자세히 들은 후 그것을 해석하고 나서 자기 의견을 어떻게 표현하는가에서 시작된단다. 협상력을 단련하는 일은 오랜 시간과 노력이 필요해.

미국에 헨리 키신저라는 외교관이 있었어. 그는 오랜 시간 협상을 해서 원하는 대로 결론을 이끌어내는 역량을 지닌 수완가야.

헨리 키신저가 중국을 방문해서 협상 테이블에 앉으면 중국 외교관들은 고개를 절레절레 흔들고 만단다. 그 정도로 그는 협상력을 발휘해서 어려운 문제를 풀어내곤 했어.

그가 그런 협상력을 발휘할 줄 아는 외교관이 된 데는 십대 때부터 협상 기술 익히기를 했기 때문이야. 그는 자기의 협상력을 높이기 위해서 대화할 때 피해야 할 어휘를 점검했어. 그리고 적극적으로 활용해야 할 어휘를 머리 속에서 스스로 점검했단다.

그래서 그는 꼭 얻어내야 할 것은 얻고, 작은 것은 주는 방식의 태도를 습관화 하기 시작했어. 이것은 하루아침에 만들어지는 것은 아니야. 꾸준히 습관으로 만들었을 때 가능한 거야.

이제 여러분도 협상력을 습관으로 길들이면 얼마든지 상대방과의 협상에서 원하는 대로 잘 이끌어나갈 수 있을 거야.

◆ 일하라 더욱 일하라. 끝까지 일하라. _비스마르크

세상을 향해 네 꿈을 활짝 펼쳐라

기회는 스스로 만든다

'친디아'라는 말이 있다. 중국의 차이나와 인도의 인디아를 합성한 말이다. 21세기 세계 경제를 이끌어갈 나라로, 두 나라를 하나의 경제권으로 묶어 부르는 용어이다. 친디아는 세계로 뻗어나가려는 젊은 세대들에게 기회의 땅이기도 하다.

　기회는 누가 대신 만들어주는 것이 아니라 자기가 만들어나가는 것이다. 자기의 꿈을 키워나가면서 노력을 하고 있으면 내가 원하는 기회가 생기게 되는 거란다.

　기회는 정직한 모습을 하고 있단다. 노력하고 준비하는 사람들에게는 필요한 것이 무엇인지 알기 때문에 기회가 왔을 때 '아! 드디어 기회가 왔구나' 하고 생각하면서 기회를 잡게 되는 거야. 그러나 아무 것도 준비하고 있지 않은 사람이라면 기회가 온다고 해도 이것이 기회인지 아닌지도 모르고 그냥 지나쳐 가게 놔두게 되는 거란다.

　이렇게 기회가 기회인지 알아보는 것은 준비된 사람만이 가능한 거야.

　'쥬라기 공원'을 만든 스티븐 스필버그 감독은 어린 시절부터 자기가 좋아하는 것을 꾸준히 하면서 기회를 잡은 사람이야.
　신시내티에서 태어나 뉴저지 근교와 애리조나에서 성장한 그는 어린 시절부터 사진과 영화 제작에 관심이 많았단다. 고등학교를 졸업할 무렵, 이미 여러 편의 아마추어 영화를 만들기도 하였고, 캘리포니아 주립대 재학시절부터 영화를 본격적으로 공부했어. 그가 만든 단편영화가 1969년 아틀란타 영화제에서 상영된 것을 계기로 유니버설 스튜디오에서 메가폰을 잡게 되었던 거야.
　그는 죠스, 인디아나존스, ET를 만들면서 흥행을 만드는 감독으로 유명해졌고, 쉰들러리스트를 만들어 아카데미작품상과 감독상을 받게 되었단다.
　그러다 1994년에는 공룡이 이 시대에 다시 태어나게 한 '쥬라기 공원'을 만들어 최고의 흥행을 기록하게 돼.
　스필버그 감독처럼 자기가 좋아하는 것을 잘 찾아내 꿈을 키워나가면서 기회를 만들어 간다면 성공은 저절로 따라오게 되는 거야.
　왜 나한테는 기회가 안 오는 걸까 하고 불평하고 있는 동안에도 기회는 내 주변을 맴돌고 있는 거야. 다만 준비가 되어 있지

않기 때문에 우리 눈에 보이지 않는 거야.

　이제 내가 무엇을 하고 싶은 것인지, 나의 꿈을 위해서 어떤 노력들을 하면 되는지 방법을 찾아 열심히 실천에 옮기면서 기회를 만들어 가도록 하자.

열정으로 사랑하자!

4부

열정과 가슴으로
세상 속으로 뛰어들어라

땀으로 이루라

농부의 땀만큼 정직한 것도 없다. 땀은 일부러 만들어 낼 수 없
다. 우리가 신성한 땀을 낸다는 것은 노동을 하든 운동을 하든 우
리 몸을 사용해 열심히 움직였을 때 가능하다.

'체험 삶의 현장'이라는 방송프로그램이 있다. 10여 년이 넘
게 계속 우리 곁에서 시청자와 함께 커온 프로그램이야. 연예인
들이 삶의 현장 속에 뛰어들어 그들과 함께 하루 동안 생활하
면서 힘든 노동 현장의 체험을 통해 진정한 땀의 의미를 전하
는 것이 목적이란다.

일할 곳을 찾지 못해 실업자가 늘어나고 있다고 뉴스에서 야
단들이지만 일할 사람을 찾지 못해 회사를 어렵게 운영하고 있
는 3D 업종이 있단다. 연예인들이 바로 그런 3D 업종과 3D 업
종이 아니지만 우리 사회를 이끌어 가는 다양한 삶의 현장에서
일을 하는 거야.

'체험 삶의 현장'은 짧은 시간이지만 연예인과 사회 저명인 사들이 노동의 현장에서 열심히 일하는 모습을 통해 정직하게 살아가는 우리 이웃들의 노고를 함께 되새겨 보려고 하는 게 프로그램의 목적이야.

이 프로그램이 오랫동안 우리 곁에서 자리잡고 있는 것은 바로 우리 가족이 일하고 있는 삶의 현장에서 연예인들이 일하고 사회 저명인사들이 팔을 걷어붙이고 일하는 모습을 보면서 '정직한 땀방울이 승리한다'는 아주 평범한 진리를 함께 느끼기 때문이지.

운동을 한 후에 온 몸이 푹 젖도록 땀을 흘려본 적이 있을 거야. 땀을 흘리고 나면 몸도 개운해지고 머리도 맑아지곤 한단다.

그러다 보니 운동을 하지 않고도 땀을 빼는 것으로 돈을 버는 사람들이 생겼어. '찜질방'이야. 바쁜 현대인들이 운동을 해서 땀을 뺄 시간이 없다 보니까 인위적인 방법으로 땀을 흘리게 하는 거야. 땀은 우리 몸 밖으로 나올 때 몸 속에 있는 노폐물도 함께 가지고 나오거든.

그런데 찜질방도 좋지만 직접 몸으로 운동을 해서 땀을 흘리는 것이 우리 건강에는 훨씬 더 좋을 거야. 몸을 움직여 주는 것은 단순히 땀을 흘리기 위한 것이 아니라 우리 몸을 건강하게

세상을 향해 네 꿈을 활짝 펼쳐라

만드는 것이 우선되기 때문이야.

특히 유산소 운동은 비만을 해결해 주기도 하고, 운동을 꾸준히 하다 보면 건강해지는 것은 물론이고, 정신 건강까지도 해결해 준단다.

학생들의 경우 학년이 올라갈수록 오랫동안 책상에 앉아 책을 봐야 하는 시간이 점점 늘어나기 때문에 체력이 뒷받침되지 않으면 나중에 책상에 오래 앉아 있지 못하게 돼.

새벽에 나가 새벽에 들어오는 고등학교 학생들을 보면 공부를 잘 하려면 체력이 튼튼해야 하는 것이란 생각이 든단다.

이제 여러분도 운동을 하여 땀을 흘리면서 체력도 키우도 머리도 맑게 하여 몸과 마음이 건강한 사람으로 만들어야 해.

◆ 자기가 하는 일을 좋아하고, 잘 하고, 믿으면 성공은 온다. _월 로저스

가르쳐야 자기 것이 된다

한 교수님이 이런 말씀을 하였다. "아는 것을 가르칠 수 있어야 비로소 제대로 알게 된다." 한 분야에서 전문가가 된다는 것은 그 분야에 대한 내용을 다른 사람에게 제대로 설명하고 알려줄 수 있어야 하는 것이다.

주식으로 엄청난 이익을 낸 주식 전문가에게 사람들이 이런 질문을 했어.

"어떻게 그 주식이 오를 거라는 것을 아십니까?"

그러자 주식 전문가는 아주 쉬운 방법을 알려 주었단다.

"내가 사려고 하는 주식에 대해 잘 알고 있으면 됩니다."

"그게 무슨 말이죠? 주식에 대해 모르는 사람도 있나요?"

"내가 사려고 하는 주식을 만들어낸 회사에 대해서 잘 알아야 하는 거예요. 그 말은 10분 안에 10살짜리 어린 애한테 내가 사려고 하는 주식을 만든 회사에 대해 그 아이가 알아들을 수 있게 설명할 수 있으면 됩니다."

이 말은 어린애한테 내가 알고 있는 회사에 대해 아주 짧은 시간에 어린애가 알아들을 수 있게 설명할 정도로 그 회사에 대해 모든 것을 알고 있어야 한다는 뜻이야.

어린이에게 내가 아는 것을 설명하는데, 아이가 못 알아듣고 계속 왜 그러냐고 질문을 하여 말문이 막히면 어른들은 이런 말들을 하곤 해.

"이 다음에 크면 저절로 알게 돼."

세상에 저절로 알게 되는 것은 하나도 없단다. 어른이 되어가는 과정 속에서 우리가 학교에서나 사회에서 가정에서 배우면서 하나하나 알아가는 것이지.

한 회사에 대해 완전하게 알고 아이가 이해할 수 있게 설명할 수 있다면 그 사람은 그 회사에 대해 전문가가 된 것이지. 그런 사람이 그 회사 주식을 사는 것은 당연한 일이야. 그만큼 그 회사가 탄탄하고 앞으로 전망도 좋다는 것을 알기 때문에 주식을 사는 것이고 그 주식은 값이 뛰는 거란다.

여러분도 책을 읽고 나서 다 이해했는데, 친구에게 설명해 줄 때 더듬거리면서 "아, 왜 있잖아. 그거."라든가 "음, 그러니까 저기……" 하면서 머릿속에는 책에서 본 내용이 영화처럼 떠오르는데 말로 제대로 설명이 안 될 때가 있을 거야.

앞으로는 친구나 가족에게 자기가 아는 것을 설명해 보는 시간을 갖는 거야. 다른 사람이 쉽게 알아들을 수 있게 설명해 주는 것은 내가 확실하게 알고 있을 때 가능한 일이야.

이제 책을 읽고 나서는 친구들과 얘기하는 시간을 갖도록 하자.

자기 브랜딩

'바그너'라는 문구가 들어간 이름을 가진 유럽인들은 그 조상 중의 누군가가 마차를 만드는 일에서 자기 직업브랜드를 갖고 살았다는 것을 의미한다.

유럽에서 이름에 붙는 성은 그 가족이 무슨 일을 하고 있는지 한 눈에 알 수 있게 되어 있단다.

낯선 사람을 만났을 때 그가 어떤 사람인지 빨리 알아보기 어려울 때 우리는 이런 질문을 먼저 하곤 해.

"무슨 일을 하세요?"

그 사람이 어떤 사람인지 그 사람에 대해 알 수 있는 방법 중에 하나가 그 사람이 무슨 일을 하고 있느냐, 즉 그 사람의 직업이 무엇이냐 하는 것이야.

직업이 무엇인지 알면 하루에 대부분을 일터에서 보내게 되니까 자연스럽게 그쪽 분야에서는 남들과 다른 뭔가를 갖고 있다는 거지.

그래서 유럽의 여러 문화권에서는 개인의 직업들이 가족의 성(姓)으로 이어졌단다.

예컨대 슈미트, 에레로, 르페브르 등의 성을 갖고 있는 사람들의 조상은 대장장이이고, 웨인라이트, 바그너 등의 성을 갖고 있는 사람들은 마차 제조공의 후손이야. 이와 마찬가지로 밀러는 방아꾼의 후손, 불랑제는 제빵공의 후손, 게레로는 군인의 후손을 말한단다.

미국에서도 북쪽 지역의 전화번호부를 들여다보면 재미있는 현상을 볼 수 있단다. 포터(짐꾼), 부처(백정), 카터(마부), 쿠퍼(통 제조공), 카펜터(목수), 피셔(어부), 셰퍼드(양치기), 쿡(요리사) 등의 성을 가진 사람들이 많은 것을 알 수 있어.

시간이 흐르면서 '성'만 들어도 아, 이 집안은 양치기구나, 요리사구나 생각할 수 있는 거야.

이런 것이 발달하여 현대 사회에서는 자기의 특성을 드러내고, 자기만의 독특한 성향을 남들에게 확실하게 보여주기 위해 자기 자신을 개인 브랜드로 만들게 되었단다.

예전에는 회사의 이미지를 알리는 것이 광고의 중심 부분이었다면 요즘은 개인의 이름을 상표이름과 합성해서 광고하고 홍보하여 성공을 거둔 회사들이 많단다.

인터넷이 발달하면서 집안에 앉아서 사무실을 내지 않고 집에서 인터넷을 통해 개인브랜드를 만들어 물건을 파는 것이 유행처럼 번지고 있단다.

이런 현상을 보면 이제 나를 나타내는 개인 브랜드가 하나의 문화로 자리잡는 것 같아.

앞으로는 나의 개성을 살려서 이것을 전문화하고 상품화하는 것이 전문직업으로 떠오를 거야.

이제 여러분의 장점이 무엇인지 개성이 무엇인지를 잘 찾아내야 해.

요즘 연예인들의 이름을 붙인 상품들이 홈쇼핑을 휘어잡고 있어.

한 사람의 개인이 엄청난 돈을 벌어들일 수 있기는 아주 어려운데, 지금은 그것이 가능해졌단다.

개인의 브랜드를 하나의 회사로 만들어 사람들 속으로 파고들어가는 거야.

여러분도 이 다음에 여러분 이름을 붙인 상품을 개발할 수 있을 거야. 이 세상에 내 이름이 붙은 상품이 여기저기서 팔린다고 생각해 봐.

너도 나도 그것을 사려고 사람들이 몰려든다면 그것으로 여러분의 이름은 이미 세상에 널리 알려지고도 남을 거야.

내 이름이 들어간 회사를 마음속에 그려봐. 그것은 그냥 꿈이 아니라 현실적으로 이루어질 수 있는 분명한 목표가 될 수 있어.

세상을 향해 네 꿈을 활짝 펼쳐라

마음의 로또를 사자

인생 대역전 드라마, 로또! 우리 나라 사람들의 마음에 희망을 안
겨준다고 하는 로또가 얼마나 많은 사람에게 희망을 주었는지 알
아본다.

예전에는 가족이 중심이 되는 사회였다면 점점 가족보다는
개인을 중요시하는 사회로 변하고 있단다.

우리의 뿌리는 분명 가족으로부터 시작이 되었는데, 우리가
하늘에서 뚝 떨어진 것처럼 나 혼자 잘 지내면 된다는 이기적
인 생각이 점점 많아지고 있어.

아무리 우리가 나 혼자 잘 먹고 잘 살아야 된다고 외치고 발
버둥쳐 봐도 이 세상은 혼자 살 수 없는 곳이기 때문에 함께 사
는 법을 외면해서는 안 돼.

우리 속담에 '사촌이 땅을 사면 배가 아프다' 라는 말이 있어.

사촌이 열심히 돈을 벌어 땅을 샀으면 좋은 일이니까 축하해

주어야 하는데, 내 것이 아니고 나보다 더 잘 살게 되었다는 생각에 축하하는커녕 배가 아픈 거란다.

이런 욕심은 모두에게 해를 끼칠 뿐이야. 내 것이 아닌데 계속 배 아파해 봐야 나만 병들 것이고, 사촌을 만나면 축하를 해 주지 못하고 시샘을 하게 되니까 사촌과의 사이도 점점 나빠지겠지.

'로또'

요즘처럼 경제가 어려운 때는 로또를 사는 사람들이 줄어들지 않고 있단다. 일주일을 기다려 번호를 맞춰서 1등이 되면 평생 가져보지 못한 돈을 손에 쥐게 되는 거야. 인생 대역전 드라마가 펼쳐지는 거지.

그런데 로또에 당첨된 사람들은 지금 어디서 어떻게 살고 있을까.

사람들은 자기와 비슷한 처지에 있다가 갑자기 돈방석에 앉은 사람들의 변화된 모습을 보고 싶어 했어.

많은 상금을 탄 사람들을 살펴 보면 많은 사람들이 행복하지 못한 삶을 살고 있단다.

하루 아침에 엄청난 돈을 갖게 되었으니 이 돈을 어떻게 써야 할지도 모르고, 주위에 어렵게 살고 있는 친인척들이 자꾸 찾아와 도와달라고 하고, 심지어 생판 얼굴도 모르는 사람들도 찾아

세상을 향해 네 꿈을 활짝 펼쳐라

와 도와달라고 하는 거야.

결국 그동안 살고 있던 곳을 떠나 다른 곳으로 몰래 이사하게 되는 거지.

또 어떤 사람은 엄청난 돈 앞에서 이성을 잃고 내 돈이니 네 돈이니 하면서 다투다 법정에서 가려달라고 하는 사람도 있고, 그동안 사랑하면서 행복하게 살던 부부가 돈 때문에 헤어지는 경우도 생겼단다.

결국 인생 대 역전 드라마를 펼치고 평범한 사람들이 부자가 될 수 있는 하나의 과정으로 '로또'를 만들었는데, 부자들은 생기는지 몰라도 '행복'을 가져다 주지는 않는 것 같아.

왜 이런 일이 일어나는 것일까.

중요한 것을 잊고 있기 때문이야. 로또는 내가 열심히 일한 대가가 아니라 우리 나라 국민들이 천 원, 이천 원 낸 돈으로 모아서 한 사람에게 당첨금을 만들어 주는 것이라는 사실을 당첨되는 순간 머릿속에서 지워버렸기 때문이란다.

엄청나게 많은 돈이지만 이것은 피 땀 흘려 하루하루 살아가는 사람들로부터 어렵게 회사 생활하는 아빠들의 희망이 담긴 작은 돈들이 모여 있는 것이야.

그런데 마치 내가 당연히 받아야 한다는 생각에 빠져버리면 그때부터는 마음속이 천당이 되는 것이 아니라 지옥이 되는 거란다.

또 하나 중요한 것은 로또에 당첨이 된 순간 나를 뺀 나머지 사람들이 모두 내 돈에 눈독 들이고 있다는 나쁜 마음을 가진 사람이라고 생각하게 된다는 점이야.

돈은 이상한 힘을 갖고 있어서 정당하게 들어온 돈은 그 위력을 발휘하여 돈이 돈을 끌어오는 힘을 발휘하지만, 정당하지 못하게 들어온 돈은 자기도 모르는 사이에 손가락에 물 빠지듯 스르르 빠져나가게 된단다.

해마다 여름만 되면 장마와 태풍으로 우리 나라 곳곳이 물난리를 겪고 있어. 집이 떠내려간 사람들도 있고, 소중한 가족을 잃은 사람들도 있단다.

앞날이 막막한 이재민들을 도와주기 위해 방송국에서는 수재의연금을 모으곤 하지. 그런데 몇 년 전부터 재미있는 아이디어로 수재의연금을 모으고 있단다. 전화 한 통화만 걸면 1,000원의 돈이 수재의연금으로 적립이 되는 거야.

정말 마음으로는 도와주고 싶은데, 남을 도와줄 만큼 큰 돈을 낼 수 없는 사람들이 대부분이고 그들을 동참할 수 있게 만들자는 뜻을 갖고 아이디어를 생각해 낸 것이야.

사람들은 집에서 전화 한 통화를 걸어 아주 작은 돈이지만 정말 보탬이 되었으면 좋겠다는 마음을 담아 보내는 거야.

결과는 대성공이란다. 사람들이 한 통화 두 통화 전화를 건

것이 몇 십억의 돈이 되는 것을 보면서 이것이 바로 '마음의 로또' 라는 생각이 들었어.

여러분도 '돈의 로또' 가 아닌 '마음의 로또' 를 사는 사람이 되도록 하자.

◆ 조급히 굴지 말아라. 행운이나 명성도 일순간에 생기고 일순간에 사라진다. 그대 앞에 놓인 장애물을 달게 받아라. 싸워 이겨 나가는 데서 기쁨을 느껴라. _앙드레 모로아

남의 행복을 돕자

시너지를 내자. 시너지는 그리스 로마 시대에 4마리의 말이 끄는 경주마에서 나온 말이다. 한 마리의 말이 끌었을 때의 힘이 1이라고 하면 네 마리의 말이 끌었을 때의 힘은 4가 아니라 그보다 훨씬 더 큰 힘이 생긴다는 뜻이다.

착한 일을 해서 칭찬을 들으면 기분이 어떨까. 괜히 어깨가 으쓱해지고 기분도 좋아지고 모든 것이 다 좋아보이기까지 하단다.

'칭찬합시다' 란 프로그램이 있었단다.

이 사회를 위해서 정말 좋은 일을 하는 사람을 릴레이식으로 칭찬을 하는 것인데, 환경미화원도 아닌데 동네 주위를 항상 깨끗하게 청소하는 사람을 칭찬하면 그 사람은 또 다른 불쌍한 사람들에게 의술을 베푸는 의사를 칭찬하고, 또 그분은 다른 분을 칭찬하면서 진행되는 것인데, 칭찬의 힘은 엄청난 시너지를 갖고 있다는 것을 보여준 방송이었어.

시너지란 백짓장도 맞들면 낫다라는 우리 속담과 비슷해. 나 혼자 했을 때보다 함께했을 때 훨씬 더 큰 효과를 가져오는 것을 말하는 거야.

'칭찬합시다' 처럼 한 사람 한 사람 칭찬하는 프로그램이지만 이것을 보고 있는 시청자들도 여기에 동참하여 주위 사람들에게 칭찬을 한다면 이 사회는 전체적으로 칭찬하는 문화가 생기는 거야.

칭찬의 힘은 우리가 감히 상상할 수 없을 정도로 그 시너지 효과가 대단해.

칭찬을 받은 어린이와 꾸중을 자주 들은 어린이의 성장 과정을 보면 칭찬을 받은 어린이는 무엇이든 해내려는 자신감에 차 있고, 꾸중을 자주 들은 어린이는 매사에 위축되어 있고 자신감도 떨어진단다.

우리가 꿈을 이루고 목표를 이루어 성공한다고 했을 때 진정한 성공은 나 혼자 잘 먹고 잘 사는 것이 아니란다. 내가 이루어 낸 성공으로 이 사회에 공헌할 수 있어서 많은 사람들이 더 살기 좋은 사회를 만들었을 때 나의 성공은 비로소 이루어진 것이란다.

예전에 한 학교에서 시너지를 직접 눈으로 확인하게 된 사건이 있었단다.

학교 운동장에 구석에 '정글'이라고 하는 사각으로 되어 위로 올라가거나 옆으로 가면서 놀 수 있는 놀이기구가 있어.

학교에서 공사를 하고 있었는데, 그 놀이기구를 옆으로 옮겨야 했단다.

일꾼들이 여럿이 모여 그 놀이기구를 들어서 옆으로 옮기려고 하는데 쇠기둥으로 되어 있어서 꼼짝도 하지 않았어.

그러자 학교 운동장에서 운동을 하고 있던 선생님과 아이들이 그 모습을 보고 누가 먼저랄 것도 없이 그 놀이기구로 달려갔단다.

몇 십 명이 되는 아이들과 선생님과 일꾼들이 쇠기둥들을 잡고 선생님의 구호에 맞춰 힘을 쓰기 시작했어.

"하나 둘 셋! 영차!

그 순간 꼼짝도 하지 않던 놀이기구가 흔들하고 움직이는 거야. 모두들 입을 꾹 다물고 다시 한 번 힘을 냈단다.

"자! 다시 한 번 해보자. 하나, 둘, 셋!"

절대로 움직일 것 같지 않던 놀이기구는 이제 조금씩 움직여서 옆으로 옮길 수 있었단다.

그때 아이들이 해냈다는 생각에 환호성을 질렀어. 그리고 불가능한 일을 해냈을 때의 기쁨은 하늘을 찌를 듯했어.

함성소리와 함께 무슨 대단한 일을 한 것처럼 선생님과 아이들, 아저씨들까지도 서로 박수치고 좋아했었단다.

세상을 향해 네 꿈을 활짝 펼쳐라

아무도 해내지 못할 것 같지만 이렇게 시너지를 발휘하면 못 해 낼 것이 없어. 나 혼자 해낼 수 없는 것은 함께하면 얼마든지 가능하단다.

그렇게 더불어 살아가야 하는 거란다.

◆ 누구든지 성을 낼 수 있다. 그것은 쉬운 일이다. 그러나 올바른 대상에 게 올바른 정도로, 올바른 시간에, 올바른 목적으로, 올바른 방식으로 성을 내는 것은 모든 사람들이 할 수 있는 일이 아니며 쉬운 일도 아니다. _아리스토텔레스

자기에게는 작은 것이라도

자기에게는 작은 것이라도 남에게는 도움이 되는 일이 많다. 인간은 작은 것을 나눠 주는 속에서 자기의 꿈을 실현할 때 더욱 빛을 띠게 된다.

성공한 사람들은 가치를 추구하는 인생을 산다.

K씨는 척추 머리뼈가 아파 고통 속에 세월을 보냈단다. 혼자 치료를 해보려 했지만 제대로 안 되었어. 그는 척추 머리뼈의 위치를 교정하는 전문가를 찾아가서 치료를 받았어. 드디어 K씨는 완치에 이르게 되었는데, 치료를 해준 사람은 '정형용'이란 분이야.

그는 도심에서 약간 떨어진 도시 외곽의 한옥에서 살고 있단다. 마을 사람들은 그의 직업을 '카이로프랙터'라고 부른단다. 카이로프랙터는 잘못된 척추를 교정해 주는 사람을 말하는데, 외국에서는 하나의 의술로 자리잡고 있어. 그는 이 기술로 평생

남의 행복을 위해서 살고 있단다.

그가 남을 돕는 마음은 지극 정성이야.

그는 남을 돕는 것이 자기의 꿈이고 희망이라고 한단다. 그러면서 이런 말을 했어.

"남을 돕는 것이 자기를 위하는 길이에요."

우리가 갖고 있는 장점이나 재능 가운데 우리가 생각하기에는 그다지 대단하지 않은 것 같고 남들도 다 있을 텐데라고 생각해서 나의 장점을 나타내지 않곤 해. 그렇지만 사람은 누구나 하나씩은 장점을 가지고 있단다. 자기 스스로에게는 그다지 장점으로 느껴지지 않지만 이것이 다른 사람에게는 큰 도움을 줄 수가 있어.

여러분도 자기한테 있는 장점을 잘 살펴서 도움이 필요한 사람들에게 나눠주는 연습을 해보자.

◆ 남의 생활과 비교하지 말고 네 자신의 생활을 즐겨라. _콩도르세

모순을 피하지 말고
정면으로 대립하라

남종화의 대가인 남농 허건은 1907년 조선시대 헌종 때 궁중 화
가였으며 시와 글씨, 그림에 뛰어나 '시·서·화' 삼절이라 불리
우던 소치 허유의 손자요, 화가인 미산 허형의 넷째 아들로 태어
나 오직 예술의 길을 걷기 위해 현실을 정면으로 맞선 사람이다.

'남농'은 너무나 가난했다.

그렇지만 가난도 그의 꿈을 막을 수는 없었어. 그의 천부적인
예술에 대한 열정과 재능은 현실의 벽이 아무리 높다고 해도
그를 좌절시키진 못했단다.

그의 꿈은 그림을 세상에 남기는 것이었어.

더 정확하게 말하면 그림만을 그리면서 전 생애를 보내고 싶
었단다.

그러다 보니 어떤 때는 밥 한 그릇을 얻기 위해서 그림 한 폭
을 그려주었고, 술 한 잔 먹기 위해서 동양화 한 폭을 그려 주었
단다.

그 앞에 드리운 가난이란 현실의 벽과 모순 구조를 만난 것이야. 바로 화가들에 대한 사회의 인식이 낮았기 때문에 정당한 대우를 받지 못했단다.

하지만 남농은 그들과 대립하면서 일생동안 싸움을 해나간 거야. 그러나 그가 만난 어려움은 그의 예술혼을 잠재울 수가 없었지.

여러분도 꿈을 성취하고 싶다면 화해가 불가능한 것 같은 모순들과 만나 정면대결을 하는 거야. 맞서 싸우고 용기내어 도전하고 그 벽을 허물고 승리를 거두면 되는 거야.

1927년 목포 상업전수학원을 졸업하고 부친으로부터 익힌 그림이 제9회 선전(오늘날의 국전에 해당)에서부터 23회까지 연속 입선하고, 1944년에는 선전특선 및 총독상을 수상하였고, 해방 후 1955년에는 국전 초대작가 및 심사위원이 되었단다.

그의 이러한 예술적 활동이 인정을 받아 대한민국 문화 훈장 등 수많은 상을 받았으며, 대한민국 예술원 원로회원의 영예를 누렸고, 1984년에는 영국 캠브리지 대학 국제저명인사전기편에 수록되는 등 국제적인 예술가로도 인정을 받았어.

그는 자신이 가지고 있던 할아버지 소치, 아버지 미산을 중심으로 한 귀한 고미술품과 오랫동안 모은 수석들을 아낌없이 목포 시에 기증하고 남농 기념관을 지어 후배들에게 그의 예술세계를 살펴보고 이어갈 수 있도록 하였단다.

여러분의 앞길에 어떤 장애물이 생길지는 아무도 몰라. 그러나 꿈을 이루겠다는 의지와 도전하겠다는 용기만 갖고 있다면 그 어떤 장애물도 헤쳐나갈 수 있단다.

세상을 향해 네 꿈을 활짝 펼쳐라

생각을 품자

마리아 쉬라이버는 미국 CBS 방송국 뉴스 앵커로 그녀가 텔레비전 앵커가 되기까지 겪었던 어려움과 에피소드, 일에 대한 열정은 함께 있는 사람들에게 감동을 준다.

생각을 품자. 그래야 꿈이 여러분에게 다가 오게 된단다. 생각을 품는다는 것은 인생에서 가치가 있는 일을 찾아가는 과정이야. 생각을 품어야 시가 되고, 생각을 품어야 기업을 만들 수가 있겠지.

이렇게 생각을 품는다는 것은 인간이 가치를 만드는 길이란다.

마리아 쉬라이버라는 텔레비전 뉴스 앵커가 되기로 마음을 품었어. 그 마음은 그녀로 하여금 그 길을 가게 했고 방법을 찾기 시작했단다. 하지만 거기에는 수많은 노력이 필요하다는 것을 그녀는 알고 있었어.

그래서 노력하기로 했어. 그녀는 비대한 몸무게를 줄이기 위해서 엄청난 노력을 했고, 뉴스거리를 판단하는 일, 말을 하는 스타일을 다듬는 일을 하면서 프로다운 길을 찾게 되었단다.

마리아 쉬라이버는 그런 노력을 통해서 텔레비전의 뉴스 앵커의 자리에 올랐던 거야. 뜻을 품으니 방법을 찾게 되고 그대로 최선을 다해서 노력하니 원하는 대로 이루어진 것이지.

마리아 쉬라이버가 사람들에게 희망을 주는 것은 그녀가 방송국의 뉴스 앵커가 되어서만은 아니란다. 그녀의 생각을 들여다보면 그 이유를 알 수 있어.

'마음을 편안히 갖고 시간을 들여라. 절대 서두르지 마라. 그리고 꼭 기억하라, 직업에 귀천이 없다는 사실을. 그러나 정상에 오르는 동안 비판적이고 도덕적 판단 기준이 까다로운 사람들을 만나게 될 거야. 그들은 대부분 질투심이 강한 사람들이라 여러분의 성공을 시기할 지도 모른다. 그러나 신경쓰지 말고 과감히 털어버려라. 그것은 그들 문제이지 여러분 것은 아니다. 자존심이 상하면 자존심을 보이지 않는 곳에 처박아 놓고, 머리를 숙이고 불독처럼 맹렬히 달려가는 거야. 존경을 받으려면 열심히 일하는 방법밖에 없기 때문이야.'

바로 생각을 품은 후에는 그 목표를 향해 정당한 방법으로 열

세상을 향해 네 꿈을 활짝 펼쳐라

심히 노력하면 되는 거란다.

　생각을 품는 시기는 십대 때부터 하는 거야.

　지금 여러분이 마음에 새긴 꿈은 쉽게 사라지지 않고 남아 있

게 된단다.

◆ 늘 건강하려면 즐거운 마음을 가져라. ＿솔로몬

지나친 욕심으로
스스로 상처받지 않게 하라

인간은 욕심의 존재다. 그래서 욕심을 갖지 말라고 말하는 사람
이 있다. 하지만 세상에 존재하는 한 욕심을 내지 않을 수는 없
다.

욕심은 마음이 따르는 대로 하고자 하는 의욕과 비슷한데, 전
혀 다른 것을 담고 있다. 욕심은 분수에 넘치게 무엇을 탐내거
나 누리고자 하는 마음이라 상대방에게 피해를 줄 수 있다는
점이 달라.

그런데 부모님들은 아이들에게 이런 말을 하곤 해.

"욕심을 내야 공부를 잘 할 수 있어. 너도 욕심 좀 내 봐."라고
하면서 아이들에게 공부하기를 강요하지.

그러다가 동생과 장난감을 갖고 놀다가 서로 더 갖고 놀겠다
고 다투면 이런 말로 혼내주기도 한단다.

"형이 이렇게 욕심이 많으면 어떡하니. 동생한테 양보해야

지."

　욕심이 분명 좋은 것은 아닌데, 다른 사람에게 피해를 주지 않는 것에는 욕심을 부려도 되는 경우가 있는 것이야. 바로 정제된 욕심이 그것이야.

　문제는 정제된 욕심은 그것 자체로 좋다는 것이야. 좋은 욕심을 갖되 욕심으로 인해서 스스로가 상처받지 않도록 해야 한단다. 스스로에게 유익한 것이 오랫동안 지속되는가 안 되는가를 생각해서 판단하는 것이 좋겠지.

　스스로 마음속에 욕심 조절 장치를 한 가지씩 가지고 있어야 해. 그러면 세상의 파도 속에서도 안전한 항해를 할 수 있거든.

　십대 친구들 중에는 너무 오랜 시간 동안 컴퓨터 게임을 하는 사람들이 늘고 있어. 이것도 놀고 싶다는 욕심의 하나란다. 컴퓨터는 우리가 어떻게 활용하는가에 따라 큰 도움을 주기도 하지만 게임이라든가 놀이기계로만 이용한다면 컴퓨터는 해로움만 주는 기계가 되고 말 것이야. 건강에 해로울 정도로 컴퓨터 게임을 장시간 하면 건강을 해치는 것뿐만 아니라 정신건강에도 큰 해를 입힌단다.

　그러면 어떻게 욕심을 조절하면서 스스로에게 유리하게 끌고 나갈 수 있을까. 스스로 마음을 조절할 수 있는 힘을 길러야 해. 오랜 시간 동안 컴퓨터 게임을 하던 사람에게 갑자기 못하게 하면 금단증상 때문에 더 큰 일이 생기곤 한다. 하루에 30분씩 줄여나가는 거야. 물론 혼자서 하기 어려울 수도 있어. 그때는 가족들에게 도와달라고 하면 돼.

이렇게 차츰차츰 컴퓨터 앞에서 벗어나면서 내가 목표로 하고 있는 것으로 관심을 돌리는 거야.

"위기는 기회다."라는 말이 있어. 지금의 어려움과 위기가 있다고 해서 여기서 포기하지 말고 위기를 극복하는 방법을 찾다 보면 지금까지 보이지 않던 새로운 길을 발견하게 된단다.

그 길이 기회가 되기도 해. 이제 여러분의 어떤 욕심을 낼 수 있는지 스스로를 돌아보고 주위 사람들에게 피해를 주거나 스스로의 건강을 해치고 있던 것들이 있으면 판단해서 과감하게 떨쳐 일어나자.

◈ 나는 죽음을 겁내지 않는다. 다만 의무를 다하지 않고 사는 것을 겁낸다. _하운드

세상을 향해 네 꿈을 활짝 펼쳐라

그래 가끔 먼 산을 보자

여러분이 부딪힐 미래의 일터에서 세파는 만만치 않다. 세상을 흔드는 힘이 있는 것이 세상의 파도다. 이런 파도가 여러분 앞에 밀려오면 여러분은 어찌하겠는가?

'먼 산을 보자.'

산은 아무리 거센 바람이 불어도 항상 그 자리에 있단다. 여러분도 바람이 불면 부는 대로 파도가 치면 치는 대로 항해하면서 차분히 앞으로 나아가는 거야.

꿈을 향해 가는 사람은 산과 같은 무게 중심을 가질 필요가 있단다.

경상북도 감포라는 곳에 가면 산 아래 커다란 탑 두 개가 서로 마주 보고 서 있단다.

감은사지탑이야.

지금은 주변에 있던 감은사는 없어지고 절이 앉았던 자리와 탑 두 개가 굳게 버티고 서 있는데, 그 모습이 어찌나 든든한지 그곳에 가본 사람은 탑의 위용에 압도되고 만단다.

여러분이 세상을 살면서 꿈을 펼칠 때 생각만큼 뜻대로 이루어지지 않을 때가 있어. 이런 시련은 한두 번에 그치지 않을지도 몰라.

여러분이 좌절하고 포기할 때까지 다양한 모습으로 여러분 앞에 나타나곤 할 거야. 그때마다 흔들리고 주저앉아 버리면 여러분은 세상의 장난에 놀아나는 거야. 중요한 것은 세상의 그 어떤 시련도 그 뒤에는 희망과 행복이 자리잡고 있다는 점이란다.

여러분 앞에는 시련만 보이겠지만 그 너머에는 여러분이 원하고 기다리는 꿈과 성공이 두 팔 벌려 여러분을 기다리고 있어.

감은사지탑은 신라 시대 만들어진 것으로 힘들 때 찾아가면 우리 곁에서 항상 그 모습 그대로 지켜줄 것 같은 느낌을 갖게 해.

여러분 마음에 그런 감은사지탑을 하나씩 새겨놓자.

때로는 여러분의 가슴속에 있어야 할 든든한 탑이 여러분 밖으로 나오기도 해. 사실은 항상 그 자리에서 우리가 찾아갈 때마다 우리를 포근히 감싸준단다.

바로 '산'이야.

세상을 향해 네 꿈을 활짝 펼쳐라

우리가 찾아가지 못하면 먼 발치에서라도 산을 바라보자.

'그래, 가끔은 먼 산을 보라.'

그러면 마음이 차분해질 거야. 한때의 파도는 그냥 지나가는 것이고, 이런 파도는 항상 존재하는 게 삶의 현장이야.

흔들림없이 항상 그 자리에 있는 든든한 탑처럼, 언제 어디서든 우리를 지켜주고 있는 산처럼 우리는 무게 중심을 흔들리지 말자.

◆ 잘 보낸 하루가 행복한 잠을 가져오듯이, 잘 쓰여진 인생은 행복한 죽음을 가져온다. _레오나르도 다빈치

일찍 일어나는 새가
벌레를 잡는다

→

하루가 24시간인 것은 물리적인 시간이다. 그러나 24시간이 모든
사람에게 똑같이 24시간인 것은 아니다. 누구에게는 20시간이고,
누구에게는 25시간도 된다.

요즘 아침형 인간이 유행처럼 번지고 있단다. 아침 일찍 일어
나 등교하기 전에 운동을 하든 책을 읽든 뭔가를 해서 아침의
짜투리 시간을 활용하는 사람들을 말하는 거야.

아침형이든 저녁형이든 자기에게 맞는 시간을 얼마나 적절
하게 활용하느냐에 따라 여러분의 시간은 하루가 20시간이 되
기도 하고, 25시간이 되기도 하는 거야.

요즘 학생들은 슈퍼맨이라고 해도 될 것 같아. 아침 일찍 일
어나 학교에 가서는 집에 돌아오는 시간이 새벽이라니, 어떻게
사람의 몸으로 그렇게 공부할 수 있을까.

이제 여러분이 자기 시간을 한 번 정리해 보자. 어떤 친구는

아침잠이 많은 친구가 있고, 어느 친구는 아침 일찍 일어나는데 초저녁만 되면 졸음에 빠진 닭처럼 졸음과 전쟁 중인 친구도 있단다.

사람의 체력이 모두 다르기 때문에 나에게 맞는 시간 사이클이 필요해. 그런데 모두 다 똑같이 다람쥐 쳇바퀴 돌듯이 돌고 있으니 다행히 건강하고 견뎌낼 수 있는 친구들은 잘 해내겠지만 몸도 허약하고 아침형 인간이라든가 저녁형 인간처럼 사이클이 맞지 않는 사람은 조절을 해주어야 해.

나는 어떤 형인지 파악하는 것이 우선이야. 저녁 시간에 눈이 똘망똘망해진다면 저녁 때 공부를 하든가 책을 읽는 것이 효과적이고, 새벽만 되면 눈이 떠지는 친구들은 아침형 인간처럼 아침시간을 활용하는 거야.

그리고 시간을 쓸 때 효과적으로 쓰도록 하자.

그냥 책상 앞에 앉았다고 해서 공부하고 있는 게 아니라는 것은 누구보다 여러분이 잘 알 거야. 엄마한테 혼날까 봐 앉아 있긴 해도 머릿속으로 다른 생각을 하고 있다면 인형과 다를 게 없겠지.

그런데 엄마들은 무조건 책상 앞에만 앉으라고는 하지 않아. 여러분이 컴퓨터 앞에서 게임을 할 때는 1시간이 눈 깜짝할 사이에 지나가는데, 이상하게도 책을 읽거나 공부하려고 책상에 앉으면 왜 이리 시간은 더디 가는지, 갑자기 화장실도 가고 싶고, 목도 말라 물도 마시고 싶고, 다른 생각들이 여러분을 방해할 거야.

　그런 모습을 보신 엄마께서 일단 책상 앞에 앉는 연습이라도 시켜야겠다는 마음에 꾸지람을 하시는 것일 수도 있단다.

　이제 여러분이 바뀌어보자.

　책을 볼 때 컴퓨터의 게임이라고 생각해. 게임할 때 중요한 것이 바로 속도야. 이제 책을 읽을 때도 시간을 정하고 몇 페이지까지 읽을 것인지 정하는 거야. 그리고 책과 게임을 하는 거란다.

　그러다 보면 여러분의 책 읽는 속도도 빨라지고 빨리 읽으면서도 내용이 무엇인지 빨리 파악해야 다음 단계로 나아갈 수 있으니까 일석이조가 될 거야.

◆ 행복을 즐겨야 할 시간은 지금이다. 행복을 즐겨야 할 장소는 여기다.

_ 로버트 인젠솔

세상을 향해 네 꿈을 활짝 펼쳐라

빛과 그림자를 보라

영화 한 편을 찍거나 드라마 한 편을 찍을 때 과연 몇 사람이나
나오는지 생각해 본 적이 있는가. 우리는 영화나 드라마의 주인
공만 생각하고 있지만 만약 주인공을 뺀 나머지 사람들이 나오지
않는다면 그 영화는 성공할 수 없을 것이다.

몇 년 전에 영화 한 편이 상영되었다. 몇 시간을 주인공 외에
거의 사람이 나오지 않는 것이었는데 그 영화를 본 사람들이
환불을 요구한 적이 있었어.

어떤 영화배우는 10년 넘게 무명 시절을 지내다가 주연배우
로 올라간 사람도 있고, 어떤 무명배우는 단 한 번도 사람들 머
릿속에 배우라는 생각을 담아 주지 못 한 채 배우로서의 인생
이 끝나기도 해.

이 세상은 다양한 사람들이 모여 살고 다양한 직업들이 있단
다.

이 사회는 빛과 그림자 같은 것이 있어서 여러 가지 혜택을

받는 사람들도 있고, 아무런 혜택을 받지 못해 어려운 생활을 하는 사람들도 있어.

그런데 빛과 그림자는 서로 떨어질래야 떨어질 수 없는 존재란다.

영화 속 주인공이 자기 혼자 잘 나서 영화가 흥행하고 성공한다고 생각한다면 그 영화 배우는 머지 않아 사람들 머릿속에서 잊혀져갈 거야.

누구나 인생에서 성공한 사람들의 곁에는 아무도 알지 못하는 그림자 같은 존재들이 많단다.

여러분이 성공했을 때 어떻게 내가 성공할 수 있었는지 어떤 도움을 받았는지 헤아리지 못하면 여러분의 성공은 진정한 성공이 될 수 없어.

이제 여러분은 세상을 향해 꿈을 활짝 펼치게 될 거야.

여러분의 그 화려한 날개 뒤에는 날개가 빛을 가려 그림자가 생긴다는 점을 명심해야 돼.

때로는 그 그림자 때문에 누군가가 빛을 보지 못하고 절망하는 경우도 있을 거야. 여러분은 그런 사람들까지도 보듬고 나아갈 수 있는 진정한 성공인이 될 수 있을 거야.

세상을 향해 네 꿈을 활짝 펼쳐라

느릴 지라도
정확하게 뚜벅뚜벅 걸어가라

아무리 급해도 실을 바늘 허리에 감고 바느질을 할 수는 없다. 서
두르는 것이 몸에 익숙해진 우리는 어떡하든지 서둘러서 일을 처
리하려고 한다. 우물에서 숭늉을 찾을 수는 없다.

2002 월드컵에서 우리 국민이 맛본 짜릿함과 환희는 모든
사람들에게 즐거운 충격으로 남아 있단다. 전세계에 새로운 응
원문화까지 만들어 지구촌 식구들에게 충분한 볼거리를 제공
한 우리 나라는 축구의 오지에서 한 걸음에 축구의 중심부로
도약할 수 있었던 거야.

4강 신화를 일으킨 히딩크 감독과 선수들은 그들도 4강신화
를 창조하리라고는 생각지도 못했을 거야.

월드컵 본선이 시작되기 전에 히딩크 사단의 축구팀은 국민
들의 조급해 하는 마음을 항상 누르면서 차근차근 그들이 갈
길을 헤쳐나갔었지.

사람들은 연습 경기에서 한 경기 한 경기 끝날 때마다 할 수 있는 평가는 다 내리고 금방 무슨 일이 결정날 것처럼 감독과 선수들을 몰아붙이곤 했단다.

그러나 히딩크 감독은 처음부터 4강을 가겠다고 과장하지는 않았어. 한 걸음 한 걸음 정확하게 내디디면서 앞만 보고 뚜벅 뚜벅 걸어갔단다.

4년이 지난 후 2002년의 신화를 다시 재연해 주기를 바라는 국민들에게 아드보카트 감독과 대표 선수들은 엄청난 중압감을 느꼈을 거야.

그러나 결과는 16강 탈락이라는 결과를 가져왔단다. 하지만 국민들 모두 우리 선수들에게 못했다고 질타하는 사람들은 없었어. 물론 열심히 뛴 선수들을 보면서 아쉬움을 달래야만 했었지.

2002년에는 홈경기라는 점 때문에 우리 나라의 4강을 우연으로 평가하려는 사람들이 많았어. 그래서 2006년 독일월드컵에서 실력을 제대로 보여주고 싶었던 마음도 있었단다.

이제 온 국민이 한 목소리로 "대~한민국!!"을 외치려면 다음 월드컵을 기다려야 해.

하지만 우리 국민은 이제 알게 되었단다.

절대 서두른다고 성공하는 것은 아니라는 것을. 먼 미래를 내다보면서 선수들 개개인의 실력을 키워가면서 우리 축구 문화

세상을 향해 네 꿈을 활짝 펼쳐라

를 즐기는 축제 같은 분위기가 만들어지면 앞으로 4강 신화는 물론 즐거운 응원 문화를 이끌어가는 축구계의 별로 우뚝 설 수 있을 것이라는 것을 알고 있단다.

여러분의 인생을 하나의 오페라라고 생각해 봐. 오페라를 연주하는 사람은 바로 우리 자신이야. 내가 어떻게 지휘하고 이끌어 가느냐에 따라 나의 오페라는 멋진 연주를 할 수도 있고, 길거리 약장수 같은 연주가 될 수도 있단다.

몸 악기는 건강하게 다스려야 하고, 머리 악기는 항상 맑고 아이디어를 연주할 수 있어야 하고, 마음 악기는 편안하고 따스한 마음으로 사람들과 더불어 살 수 있음을 연주해야 되는 거란다.

빠른 게 좋은 것은 아니란다. 느릴지라도 정확하게 자기 목표를 향해 나아가는 게 중요해.

이제 마음 편히 내 꿈을 펼치기 위해 하나하나 쌓아나가도록 하자.

침묵할 때를 알면
말할 때를 알게 된다

개구리가 멀리 뛰기 위해서는 잔뜩 몸을 웅크린 후에 기회를 봐서 한 번에 힘껏 도약하는 것이다. 침묵할 때와 말할 때를 구별하지 않으면 실수를 하기도 쉽고 사람들에게 실없는 사람이 될 수도 있다.

침묵할 때를 알면 말할 때도 알게 된다. 침묵의 시기는 온다. 하지만 스스로 자중하고 기다려라. 그러면 말할 시기가 올 거야. 이것이 인생의 이치란다.

친구들 중에 남의 말을 잘 들어 주는 사람과 자기 말만 하는 사람이 있을 거야. 자기 말만 하는 사람은 사람들에게 인기를 얻지 못한단다.

친구들이 내 얘기를 잘 들어 주면 더 열심히 얘기하게 돼. 그러나 나는 열심히 얘기하는데 딴 짓을 하거나 말을 중간에 끊고 이상한 얘기를 하면 말하는 나는 맥도 빠지고 더 이상 말을 할 수 없게 될 거야.

세상을 향해 네 꿈을 활짝 펼쳐라

사람들 중에 말 잘하는 사람들이 있어. 그 사람들의 태도를 지켜보면 다른 사람이 얘기할 때는 아주 열심히 말하는 사람과 눈을 맞춰가면서 얘기를 듣는 것을 알 수 있단다.

　특히 토론을 할 때는 상대방의 말에 귀를 기울여야 해. 상대방이 무슨 얘기를 하는지 잘 들어야 반론을 펼 수 있단다. 남의 말을 제대로 듣지 않고 내 말만 한다면 토론도 원활하게 이루어지지 않고 결국에는 토론장은 엉망이 되고 말 거야.

　토론을 하면서 상대방이 말하는 도중에 나와 의견이 달라도 참을 줄 알아야 해. 침묵하면서 내 차례가 돌아올 때까지 기다렸다가 나의 의견을 정확하게 말하는 거야.

◆ 우선 겸손을 배우려 하지 않는 자는 아무것도 배우지 못한다.

_ O. 메러디드

고정 포지셔닝에
사로잡히지 마라

포지셔닝은 소비자의 마음속에 자기네 회사 제품이나 기업을 표
적시장·경쟁·기업 능력과 관련하여 가장 유리한 포지션에 있도
록 노력하는 과정이다.

포지션(position)이란 제품이 소비자들에 의해 알게 되는 모
습을 말하며, 포지셔닝이란 소비자들의 마음속에 자기네 회사
제품의 바람직한 위치를 만들기 위하여 제품 효과와 이익을 개
발하고 서로 커뮤니케이션할 수 있는 활동을 말하는 거야.
1972년에 광고회사 간부인 앨 리스와 잭 트로우트가 이 말을
사용해서 지금은 널리 쓰이는 말이란다.

포지셔닝을 추구할 때는 고정 포지셔닝을 추구하지 말고, 유
연하게 할 필요가 있어.

여러분의 생각도 마찬가지야. 어떤 일에 부딪혔을 때 "나는
절대로 받아들일 수 없어.", "나는 생각조차 해보지 않았어. 그

런 일을 어떻게 해." 하면서 자기 생각 속에 빠져 생각을 유연하게 해야 하는데 그것을 못하는 것이야.

항상 십대의 열정을 갖고 있는 여러분은 자기의 조건을 유연하게 변화시켜 가야 해. 고정적인 생각의 틀에만 갇혀 살아서는 안 된단다.

세상은 다양한 사람들이 모여 사는 곳이고 사람들의 생각 또한 다양해. 나와 다른 생각을 한다고 해서 그 사람을 멀리해서는 안 된단다. 나와 다른 생각을 갖고 있다는 것은 이 사회에 그런 생각을 갖고도 성공할 수 있는 사람이 있다는 뜻이기도 해.

나와 다르다고 해서 틀린 것은 아니야. 틀리다는 것은 정답이 아니라든가 진실이 아닌 경우에 쓰곤 하지만 다르다는 것은 완전히 다른 말이란다. 다르다는 것에는 각자의 개성을 존중한다는 기본이 깔려 있는 것이야.

이제 생각을 고정된 틀에 넣지 말아야 한다는 것은 이해하겠지. 그러나 중심이 흔들린다거나 하면 우리 자신이 흔들리는 것이니까 중심에는 절대적인 파워를 만들어도 돼.

상대가 손을 내밀면서 자기 손을 내밀어 악수를 하는 것은 포지셔닝으로 아, 이것은 악수를 희망한다는 신호라는 것을 말해 주는 것이다. 이런 것이 포지셔닝이다. 여러분이 학교에서 친구와 악수하는 것도 이런 포지셔닝과 연관되어 있단다. 포지셔닝은 십대인 여러분도 알아두면 유익해. 하지만 포지셔닝에 사로잡히지는 마라. 즉, 포지셔닝을 생각하되 포지셔닝에 사로잡히지 않도록 하는 것이 필요해.

기분좋게 변하는 법을 배우라

십대에 배울 것 중의 하나는 스스로 변할 줄 아는 습관이야. 억지로 변하지 않고 자연스럽게 변하는 것을 받아들이는 거야. 꿈을 찾아 가기 위해서는 나를 깨로 다시 새로운 모습으로 변화시키는 습관을 길들일 필요가 있어.

화가 모딜리아니는 그림으로 성공했어. 화가의 꿈을 이룬 사람이지. 그가 화가로서 성공하고 자기 꿈을 이룬 데는 기분 좋게 자기를 변화시키는 습관을 가졌기 때문이란다. 기분 좋게 변하기 위해서는 스스로의 마음을 열린 방향으로 설계하는 것이 필요해. 기분 좋게 변해가는 법을 배우는 사람이 성공할 확률이 높거든. 한번 한 가지 생각을 끝까지 견지하는 것도 필요한 구석은 있다. 하지만 좋은 원칙, 좋은 철학을 제외하고는 생각의 변화를 수시로 받아들일 줄 아는 유연성이 필요해. 세상에서 성공하기 위해서는 자기를 끊임없이 변화시켜야 해.

미래의 자기 안으로 들어가 봐. 그러면 무엇인가 보일 것이야. 그 중심에 여러분 자신이 있단다. 무슨 모습을 하고 있을까. 분명히 여러 가지 표정을 하고 있겠지. 만약 그렇다면 여러분은

세상을 향해 네 꿈을 활짝 펼쳐라

자기의 목표를 제대로 설정하고 있는 것이야. 물론 그렇지 않은 경우도 발견하게 될 거야. 그렇다면 자기 목표를 수정하면 돼. 자기 목표의 수정 권한은 자기에게 존재하는 거야. 자기가 자기의 주인이라는 인식을 항상 갖고 있도록 해야 돼. 자기 결정권에 남이 간섭하지 않게 하고, 하지만 귀는 항상 열어두자.

미래의 자기를 생각 하고 미래의 자기를 그려가라. 미래의 자기는 항상 여러분의 목표를 담고 있을 것이야.

끝까지 들어라

듣는 것을 배우면 시야가 커진다. 꿈을 성취하고자 하면 자세히 들을 수 있어야 한다. 잘 들으면 여러분의 시야가 깊어질 수 있다.

잘 들으려면 인내심이 필요하단다. 남의 말을 중간에 가로채지 말아야 해. 상대방이 하는 말을 끝까지 듣고, 들으면서 말의 의미를 생각해야 한단다. 표정에서 나오는 것까지도 파악하기 위해서 집중해야 돼.

10대에 이런 습관을 키우면 여러분은 큰 귀를 갖고서 꿈을 향한 항해를 하는 선장이 될 수 있단다.

스티븐 사피로는 '성공하려면 듣는 법부터 배워라' 라는 책을 통해 성공 법칙을 알려주고 있단다.

그는 잘 들어야 자기 꿈을 이룬다고 주장하고 있어. 세상은 혼자만의 연주 공간이 아니란다. 여주가들이 있고 청중이 존재

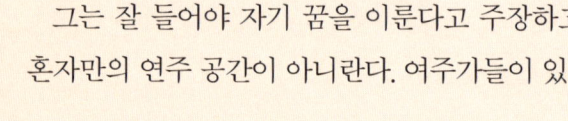

하는 곳이야. 그러므로 잘 듣되 가능한 한 인내하면서 말이 끝나는 그 순간 이후 0.1초의 순간까지 들어야 해. 상대방이 말한 것 중에 무엇을 놓치고 듣는 일은 없는지 생각하면서 잘 들어야 한단다. 그러면 여러분의 귀는 더 밝아질 거야.

벽을 오를 수 없다면 문을 만들어라.

그렇다. 세상에는 벽을 오를 수 없는 경우도 있단다. 이런 경우에도 좌절하지 마. 벽을 오를 수 없으면 차라리 문을 만드는 거야. 그리고 문을 열고 들어가는 거야.

문을 만들려면 여러 가지 연장이 필요할 거야. 이런 연장을 준비하고 기술을 익혀야 한단다. 문의 사이즈를 재고 멋진 문을 만들어서 다는 거야. 그러면 멋진 문은 만들어진단다.

여러분이 이렇게 하는 데는 투지가 필요한 법이야. 절대로 꺾이지 말고 새로운 전략을 찾아가는 자에게는 문을 만들 지혜가 떠오른다는 것을 명심하자.

인생은 문을 두드리는 자의 것이야.

때로는 좋아하는 공상에 빠지면서 하늘을 보고 하품을 해보자. 인생은 달리기가 아니란다. 이따금씩 하늘을 보면서 한가하게 상상을 해볼 필요가 있어. 세월을 낚는 시간도 필요하단다. 꿈은 도전하고 기다리는 자의 것이야.

꿈이 있는 10대에

네 인생을 선택하라

박창수 지음

가격 8,500원

이 책은 어려움에 처했을 때, 꿈을 키워가야 할 때, 사랑에 대해, 친구에
대해, 세상을 바라보는 방법에 대해 우리가 어떻게 지혜롭게 대처하고
극복해 나가야 하는지에 대한 지혜를 알려준다. 10대 때 자신의 인생을
마음껏 스케치할 수 있는 꿈을 키울 수 있다는 것을 보여준다.

꿈이 있는 10대에 리더십을 키우는

발표의 기술

박창수 지음

가격 8,500원

이 책은 인생이라는 바다 위를 항해할 때 자기가 목표한 곳까지 나아가기 위한 방향키와 같다. 방향키를 어떻게 조정하느냐에 따라 목적지가 달라진다. 세상을 향해 나의 생각을 표현하는 방법이 실려 있어서 10대들에게 자기의 꿈을 이루어나가는 방법을 제시해 놓은 지침서이다.